Ein Engel für Peter

Helmut Ringeisen

Ein Engel für Peter

Bibliografische Information der Deutschen Nationalbibliothek:
Die Deutsche Nationalbibliothek verzeichnet diese Publikation in der
Deutschen Nationalbibliografie; detaillierte bibliografische Daten sind
im Internet über
< http://dnb.d-nb.de > abrufbar.

© 2006 Helmut Ringeisen
Satz, Umschlagdesign, Herstellung und Verlag:
Books on Demand GmbH, Norderstedt
ISBN-10: 3-8334-6134-9
ISBN-13: 978-3-8334-6134-7

An einem Montagmorgen lag Peter, ein junger Mann von dreiundzwanzig Jahren, noch in seinem Bett. Noch war Zeit, bevor sich die Last des Tages über ihn stürzen würde. Das Zimmer war stilvoll eingerichtet.

Plötzlich fiel ein düsterer Schatten in das Zimmer. Peter sah rüber zum Fenster und dann im Zimmer umher. Da erkannte er in einer Ecke einen Schatten. Dieser hatte die Form einer Frauengestalt. Er erschrak, gleichzeitig erhob er sich und setzte sich auf. Dann fragte er: »Wer bist du? Und wo kommst du her?« »Mein Name ist Lisa, ich bin dein Schutzengel. Du hast mich in deinem Traum gerufen, und nun bin ich hier, um dir zu helfen.« Peter stand auf und ging auf die Gestalt zu. Er versuchte sie zu berühren. Doch seine Hand durchdrang die Person. Er wunderte sich sehr darüber.

Lisa sprach leise zu ihm: »Du kannst mich mit deinen Händen nicht berühren. Nur wenn du mich küsst, dann verwandle ich mich in einen Menschen aus Fleisch und Blut.« Peter näherte sich dem Schatten und küsste sie. Plötzlich stand eine Frau mit langen blonden Haaren sowie blauen Augen vor ihm. Sie sprach: »Hallo mein Lieber, nun bist du wohl sehr überrascht. Aber ich sagte dir ja, sobald du mich küsst, verwandle ich mich.« Peter konnte das Geschehene noch gar nicht fassen. Er berührte Lisa mit seinen Händen. Langsam und zärtlich streichelte er ihr über das Gesicht, dann berührte er ihre Hände. Nochmals ihren Mund und ihre Augen. Lisa genoss die Berührungen sehr. In derselben Sekunde legte sie ihre Arme um Peters Schultern. Mit einem Ruck zog sie ihn zu sich her, und küsste ihn leidenschaftlich. Peter fühlte sich völlig überrumpelt. Aber er erwiderte den Kuss.

Nachdem sie sich getrennt hatten, sah er ihr tief in die Augen. Er lachte sie an und sprach: »Komm mit in mein Bettchen, da machen wir es uns gemütlich.« Peter nahm Lisa an die Hand, und zusammen gingen sie zu Peters Bett. Er legte sie auf sein Bett, zog sie aus und deckte sie zu. Dann legte er sich neben Lisa. Sie kuschelte sich ganz fest an ihn. Sie flüsterte: »Bitte wärme mich ein wenig, mir ist sehr kalt. Peter nahm sie in die Arme und drückte sie ganz fest an sich. Zufrieden schliefen beide ein. Lisa hielt in der Zwischenzeit die Zeit an.

Einige Zeit später schlugen beide die Augen auf. Peter sah Lisa in die Augen und sprach: »Du bist wunderschön.« »Ja, ich bin ja auch dein Schutzengel.« Sie gab ihm einen Klaps auf den Po und sprach: »So, nun musst du aufstehen und zur Arbeit. Und beeile dich, sonst kommst du zu spät.« Beide standen auf. Peter begab sich ins Badezimmer. Lisa deckte den Tisch. Kochte Kaffee und stellte alles bereit. Als Peter vom Badezimmer auf den Flur trat, roch es nach frischem Kaffee. Er begab sich in die Küche. Der Tisch war gedeckt, und eine Kerze brannte neben seinem Platz. Er ging näher und fragte: »Lisa, wo bist du?« Aber sie war spurlos verschwunden. Dann nahm er Platz. Plötzlich hob sich die Kanne. Und schenkte ihm Kaffee ein.

Peter trank in Ruhe seinen Kaffee. Nach einigen Minuten sagte Lisa: »Also komm, mein Schatz, du musst nun zur Arbeit. Ich begleite dich.« Peter stand auf und fuhr zur Arbeit. Dort angekommen rief er gut gelaunt: »Guten Morgen, liebe Kollegen! Ist das nicht ein schöner Tag heute? Wie geht es euch?« Alle sahen sich verwundert an. Franz sagte: »Na wie soll es schon gehen, immer dasselbe.« »Ich erfuhr heute Morgen eine grundlegende Veränderung«, sagte Peter. »Was ist denn geschehen?«, fragte Franz etwas besorgt. Peter erwiderte: »Es ist fast so wie ein Lottogewinn. Ihr werdet es nicht glauben, denn ich kann es ja selbst kaum fassen.« Franz drängte: »Was ist denn geschehen? Nun erzähl schon.« »Seit heute Morgen besitze ich einen Schutzengel für mich ganz alleine«, sagte Peter stolz. Franz sah Peter mir fragendem und erstauntem Augenausdruck an. Er erwiderte erstaunt: »Das glaube ich dir nicht.« Oh ja, das kannst du ruhig glauben. Aber vielleicht kann ich es dir irgendwann beweisen«, erwiderte Peter.

Nach diesen Worten machten sich beide an ihre Arbeit. Plötzlich rutschte Peter vom Gerüst und fiel nach unten. Gerade noch konnte er sich an einem Brett festhalten. Mit schreckverzerrtem Gesicht sah er nach unten. Franz rannte zu ihm hin. Plötzlich erschien Lisa neben ihm. Sie sprach: »Keine Angst, mein Schatz. Ich helfe dir.« Sie streckte ihre Hände nach ihm aus. Peter legte seine Hand auf die ihre. Und sie hob ihn sanft zurück auf das Gerüst.

Franz beobachtete das Schauspiel von einem halben Meter Entfernung. Er konnte nicht fassen, was er sah.

Peter wurde durch eine unsichtbare Kraft auf das Gerüst gehoben. Er lief zu Peter hin und sprach: »Was ist denn geschehen?« Peter erwiderte: »Ich rutschte plötzlich aus und fiel.« Franz sagte: »Das meine ich nicht. Denn das habe ich beobachtet. Aber das was danach geschah, kann ich kaum glauben.« Peter sprach: »Nun hast du den Beweis, mein Schutzengel rettete mich.« Plötzlich spürte Peter eine wohlige Wärme neben sich. Da war er sicher, Lisa war ganz nah bei ihm.

Franz sah Peter mit ungläubigen Augen an. Dann schüttelte er den Kopf. Er sagte leise: »Hätte ich es nicht mit eigenen Augen gesehen, würde ich es nicht glauben.« Nach diesen Worten fuhren beide mit ihrer Arbeit fort.

Nach Feierabend stieg Peter in seinen Wagen und fuhr nach Hause. Dort angekommen betrat er die Wohnung. Alles war sauber geputzt, ordentlich aufgeräumt und das Essen stand auf dem Tisch. Er zog seine Jacke aus und sah sich um. Aber er konnte Lisa nicht erblicken. Kurz darauf ging er unter die Dusche. Das warme Wasser wirkte entspannend und wohl tuend auf seiner Haut. Da griff er nach der Seife. Doch diese war verschwunden, und er fand sie auch nicht, so sehr er auch suchte. Plötzlich spürte er zwei Hände auf seiner Haut. Er drehte sich um und fragte: »Lisa, wo bist du denn? Warum zeigst du dich nicht. Ich weiß doch genau, dass du da bist.« Plötzlich fühlte er einen Finger auf seine Lippen. Und Lisa sprach: »Nicht reden, mein Schatz, nur genießen.«

Peter wusste nun, Lisa war da. Nur gab sie sich ihm nicht zu erkennen. Er genoss die sanfte Massage. Lisas Hände setzten Zauberkräfte auf seiner Haut frei. Auch ihre warme Ausstrahlung war genau zu spüren. Sie vermittelte ihm ein Gefühl von Wärme und Geborgenheit, wie er es nie kannte. Nach einiger Zeit drehte er sich um. Er schüttelte den Kopf, denn es war nichts zu erkennen. Kurz darauf verließ er die Dusche. Er trocknete sich ab und verließ das Badezimmer. Während er ins Wohnzimmer schritt, zog er seinen Bademantel über. Dort angekommen schaltete er den Fernseher ein. Es lief ein Krimi. Gegen zweiundzwanzig Uhr schaltete er den Fernseher aus und ging ins Schlafzimmer. Gerade als er das Licht einschalten wollte, bemerkte er eine Bewegung. Sofort wusste er, dass es sich um Lisa handelte. Er knipste das Licht an. Da erblickte er sie in Fleisch und Blut gefasst. Sie sah ihn mit einem verführerischen Blick an. Ebenso ließ sie die Waffen einer Frau spielen. Sie flüsterte mit erotischer Stimme: »Komm zu mir heute Nacht, du wirst es nicht bereuen. Ich beschütze und verwöhne dich.« Peter trat näher und schloss die Türe. Er ging zu Lisa hin und zog seinen Bademantel aus. Lisa sah ihn mit großen Augen an. Sie dachte bei sich: »Oh, welch hübscher Mann begegnet mir.« Peter lächelte und legte sich neben Lisa ins Bett. Sie streichelten sich beide intensiv. Peter fühlte sich wie im Siebten Himmel. Lisa kuschelte sich ganz fest an seinen Körper. Er vernahm genau das Schlagen ihres Herzens. Er sah Lisa in die Augen und sprach: »Du bist wunderschön. Mit deinen goldenen Haaren und azurblauen Augen. Ausdrucksvoll und lieb.« Da streichelte ihn Lisa übers Gesicht und sie schliefen zufrieden ein.

Am nächsten Morgen klingelte Peters Wecker. Verschlafen sah er hin. Die Zeiger befanden sich auf halb sechs Uhr. Plötzlich kam ihm Lisa in den Sinn. Er drehte sich um, doch der Platz war leer. Lisa war schon wieder auf Reise. Peter begab sich ins Bad, machte sich zurecht. Dann trank er schnell einen Kaffee und ging zur Arbeit. Franz erwartete ihn mit einem fragenden Blick. Sogleich fragte er auch: »Na, wie geht es deinem Engel?« Peter sah Franz an und erwiderte: »Sie schlief heute Nacht bei mir. Es war wunderschön.« Franz schüttelte den Kopf und sagte: »Das ist alles unfassbar.« »Aber wahr.« Fügte Peter hinzu.

Franz klopfte Peter auf die Schultern und sagte: »Komm, lass uns starten. Es gibt viel zu tun.« Peter stieg auf das Gerüst. Es löste sich eine Klammer. Franz wollte ihn warnen, doch es war zu spät. Franz stand hinter ihm auf dem Gerüst. Plötzlich begann es zu wackeln und drohte zu stürzen. Beide hielten sich an der Wand fest. Doch das Gerüst rutschte und rutschte. Beide wollten schon springen. Da spürte Peter eine starke Kraft. Diese stellte das Gerüst wieder auf. Franz sah Peter an und fragte: »Was war denn das? Was ist denn geschehen?« Peter sah Franz ebenso verdutzt an und sagte: »Nun, was glaubst du denn, wer das war? Es war mein Schutzengel, er rettete uns das Leben.« Franz sah zum Himmel und sagte leise: »Ja, nun glaube ich deine Geschichte.« Plötzlich erschien ein helles Licht am Himmel. Dieses bewegte sich schwebend auf die beiden zu. Sie küsste Peter auf den Mund. Dann flog sie zu Franz, und streichelte ihn über die Wange. Sie sprach: »Ein bisschen besser aufpassen, meine Herren, und macht's gut.« Nach diesen Worten flog sie davon.

Dann fuhren Franz und Peter mit ihrer Arbeit fort. Franz war völlig in Gedanken. Nach Feierabend tranken beide ein Bier zusammen. Franz sprach zu Peter: »Das ist wirklich unglaublich, aber ich spürte ihre Hände auf meinem Gesicht und deshalb glaube ich dir. Zuerst dachte ich, ich würde träumen.« Nachdem Peter ausgetrunken hatte, verabschiedete er sich von Franz und fuhr nach Hause. Unterwegs kaufte er einen Strauß Rosen. Zwanzig Minuten später erreichte er seine Wohnung. Er trat ein, gab die Rose in die Vase und stellte diese auf den Tisch im Wohnzimmer. Bis zum Abend zeigte sich die Wohnung nicht verändert. Auch Lisa war nicht zu sehen.

Sofort ging er in die Küche und kochte sich einen Kaffee. Immer wieder sah er sich um, doch Lisa blieb verschwunden. Er ging ins Wohnzimmer und schaltete den Fernseher an. Es lief ein Liebesfilm. Ein Paar küsste sich innig zum Abschied am Bahnhof. Beim Zusehen begann Peter zu schmunzeln. Plötzlich ertönte es hinter ihm: »Schön anzusehen, nicht?« Peter lächelte und drehte sich um. Er sagte: »Hallo Lisa, komm setz dich zu mir.« Sie legte ihren Arm um ihn und nahm Platz. So, dass er sie genau spüren konnte. Dabei blickte sie ihn genau in die Augen. Ein Ausweichen war nicht möglich. Peter nahm sie in seine Arme und küsste sie auf den Mund.

Plötzlich ertönte die Klingel von der Haustüre her. Lisa sah Peter an und fragte: »Erwartest du noch Besuch heute

Abend?« Peter antwortete: »Nein, eigentlich nicht. Außer dir bekomme ich selten Besuch.« »Dann gehe hin, und sieh nach, wer da ist«, sagte Lisa. »Ich mache mich solange unsichtbar«, fügte sie hinzu. Gab ihm einen Kuss, und weg war sie. Peter öffnete die Türe. Draußen stand Anna, seine Schwester. Sie lief auf ihn zu, nahm ihn in den Arm und sagte: »Hallo Peter. Wie geht es dir? Lange nichts von meinem kleinen Racker gehört. Muss doch mal nach dir sehen.« Peter bat Anna herein. Kurz darauf schloss er die Türe. Er folgte Anna ins Wohnzimmer. Anna nahm Platz und sah ihn erwartungsvoll an. Sie fragte: »Na, was gibt es Neues?« Peter sah Anna an und antwortete: »Ich fühle mich sehr zufrieden im Moment.« Dabei huschte ein seltsames Schmunzeln über sein Gesicht. Anna fragte verwundert: »Seit einigen Tagen nahm mein Lebensinhalt eine positive Wendung. Aber selbst wenn ich es dir erklärte, so würdest du es mir nicht glauben. Ich selbst hege ja noch Zweifel.« Anna sah Peter mit neugierigen Augen an. Er lächelte und sagte: »Na gut. Dann nimm Platz. Ich berichte dir die ganze Geschichte.« Er sowie Anna nahmen Platz und Peter erzählte ihr die gesamte Geschichte. Je mehr Anna von dieser Geschichte erfuhr, desto großer wurden ihre Augen. Dann erhob sie sich. Während sie im Zimmer umherlief, sagte sie: »Das ist ja kaum zu glauben. Würde ich dich nicht so gut kennen, könnte ich glauben, du seist verrückt geworden. Aber im Lügen warst du schon immer schlecht. Deshalb bin ich sicher, du sprichst die Wahrheit.« Peter ging zu Anna hin, gab ihr einen Klaps auf den Po und sagte: »Siehst du, Schwesterherz, nun ist das Glück auch mal bei mir eingekehrt.«

Peter wandte seinen Blick. Da erkannte er Lisa. Sie lächelte ihn an und sprach: »Nimm wieder neben Anna Platz. Dann setze ich mich auf deinen Schoß. Sie wird mich nicht sehen. Übrigens, sei nicht so abneigend zu ihr, denn sie hat dich sehr lieb.« Er ging zum Sofa und nahm wieder Platz. Gleich darauf nahm Lisa auf seinem Schoß Platz. Er musste zweimal hinsehen, um seinen Augen zu trauen, denn Lisa war völlig nackt. Sie stupste ihn an die Nase und sagte: »Na, gefall ich dir so?« Peter erwiderte: »Ja natürlich, du bist wunderschön.« Lisa lachte ihn an und gab ihm einen flüchtigen Kuss. Peter gab Lisa einen Klaps auf den Po und sagte: »Bleib so, deine Nähe tut mir sehr gut.«

Anna gab Peter einen Schubs und sagte: »Was ist denn los mit dir? Du lachst und sprichst, als befände sich noch eine Person im Raum.« Peter erwiderte: »Entschuldige bitte, aber ich war in Gedanken.« Sie unterhielten sich noch ein wenig, dann stand Anna auf und sagte: »Ist schon spät, ich gehe jetzt wieder nach Hause. Melde dich mal wieder bei mir.« Peter sah Lisa an. Diese stand auf und ging einen Schritt zur Seite. Dabei stieß sie ein Glas von der Kommode. Es fiel klirrend zu Boden. Anna drehte sich um. Sie sah Peter an und fragte: »Was war denn das? Hast du einen Hausgeist?« Peter antwortete: »Ja den habe ich. Zwar keinen Geist, aber einen Beschützer und Schutzengel.« »Aber warum kann ich ihn nicht sehen?«, fragte Anna. »Nun, weil du sie noch nicht geküsst hast. Nur wenn man Lisa küsst, dann verwandelt sie sich in einen Menschen aus Fleisch und Blut. Pass mal auf«, sagte Peter. Nach diesen Worten begab er sich in eine Ecke des Zimmers. Er küsste Lisa auf den Mund. Kurz darauf wurde sie sichtbar. Sie hielt die Arme schützend vor ihren Körper. Denn sie war noch immer nackt. Anna sah Lisa an und sprach: »Du musst ihr etwas anziehen. Denn so nackt friert sie ja.« Peter drehte sich um und sah Lisa an. Schnell ergriff er eine Decke und wickelte diese um Lisas Körper. Dann nahmen sie Platz. Anna sah Peter an und sagte: »Nun nimm sie schon in den Arm. Sie friert ja.«

Er nahm sie in den Arm und wärmte sie. Lisa sprach: »Hallo Anna, du bist Peters Schwester, nicht wahr? Ich bin Lisa, sein Schutzengel. Wie geht es dir?« Anna erwiderte: »Ach, mir geht es gut. Und ich habe auch keine Sorgen.« Lisa sagte zu Peter: »Das ist nicht wahr. Wir müssen ihr helfen. Sie fühlt sich sehr einsam. Das macht ihr große Sorgen.« Lisa sah Anna an und sagte: »Vertrau mir, ich kann dir helfen, wenn du es willst.« Peter sah Anna an und nickte ihr nur zu. Dann vertraute sich Anna Lisa an. Lisa sprach: »Komm, wir gehen ins Nebenzimmer, und da erzählst du mir alles, was dich bedrückt.« Peter sagte: »Liebe Schwester, was hast du denn?« Lisa hakte ein und sagte: »Das erfährst du noch bald genug.« Sie nahm Anna an der Hand und sie verließen das Zimmer. Peter blieb zurück und sah etwas fern. Eine Stunde später kehrten beide zurück, und Anna sah sehr glücklich aus. Peter stand auf, nahm Anna in den Arm und sprach: »Du siehst sehr glücklich aus, und das freut mich für dich.« Anna erwiderte: »Lange fühlte ich mich nicht mehr so wohl. Und das verdanke ich alles dir und Lisa.« Sie sah rüber, doch Lisa blieb spurlos verschwunden. So sehr sie auch in der ganzen Wohnung suchten, Lisa war nicht aufzufinden. Anna sah Peter mit fragenden Augen an. Völlig traurig und verstört nahm Peter im Wohnzimmer Platz. Er wirkte völlig ratlos.

Anna setzte sich neben ihn und sagte: »Es tut mir im Herzen weh, dich so traurig und hilflos zu sehen. Wäre ich nicht gekommen, würde Lisa noch bei dir hier sein. Alles ist meine Schuld.« Peter sah zur Decke. Und dann traten sogar Tränen in seine Augen. Er sprach: »Es braucht dir nicht Leid zu tun. Du bist meine Schwester, und ich helfe dir, wo ich kann.« Anna nahm Peter in den Arm und flüsterte: »Sei nicht traurig, ich bleibe heute Nacht bei dir. Sicher kommt Lisa wieder zurück.«

Sie ging in die Küche und setzte Wasser für Tee auf. Dann stellte sie zwei Tassen zurecht. Als das Wasser kochte, goss sie den Tee auf und ging zurück ins Wohnzimmer. Dann nahm sie neben Peter Platz und sie sprachen über alte Zeiten. Plötzlich sah Anna zur Uhr. Sie erschrak und sagte: »Ach du lieber Gott, schon so spät, nun wird es aber Zeit.« Peter fragte: »Willst du nicht heute Nacht hier schlafen?« Anna überlegte und sagte: »Ja, ich bleibe hier und schlafe im hinteren Zimmer.« Sie nahm Peter in den Arm und sagte: »Gute Nacht und schlaf gut.« Dann ging sie ins Zimmer und schloss die Türe. Peter machte sich schweren Herzens auf den Weg. Als er das Zimmer betrat, sah er Lisa. Sie saß auf einem Stuhl in der Ecke. Sie fragte: »War doch schön, alleine mit Anna? So konntet ihr euch mal richtig aussprechen.« Peter nickte und streckte ihr seine Hand entgegen. Lisa kam näher, nahm seine Hand und legte sich neben Peter ins Bett. Zufrieden schliefen beide ein.

Am nächsten Morgen erwachte Peter aus einem erholsamen Schlaf. Er sah rüber, doch Lisa war wieder einmal vor ihm auf den Beinen. Doch in derselben Sekunde erschien Lisa neben seinem Bett. Sie flüsterte: »Komm, du musst aufstehen, aber sei leise, sonst weckst du Anna auf.« Er stand auf und begab sich ins Badezimmer. Auf leisen Sohlen schlich er in die Küche. Lisa saß am gedeckten Tisch und lächelte ihn aus vollem Herzen an. Er nahm neben ihr Platz. Lisa streichelte ihn über die Hand und sagte: »Hallo, mein Lieber.« Dann erhob sie sich und schenkte ihm Kaffee ein. Sie nahm wieder Platz und sprach: »Es freut mich, dass du und Anna sich so gut verstehen. Das findet man nicht oft unter Geschwistern.« Peter sah Lisa an und sagte: »Nun, das war schon so, als wir noch Kinder waren. Wir stritten nicht viel miteinander.« Lisa sagte: »Ich sehe viel während meinen Reisen. Aber so viel Freude und Liebe, das ist nicht die Regel. Komm mit mir auf Reisen. Ich zeige dir die wahre Welt.«

Peter erwiderte: »Aber das geht doch nicht. Die Arbeit wartet auf mich.« Lisa nahm Peter an die Hand und schnippte mit den Fingern. Sie sagte: »So, nun können wir los und die Welt erobern.« Peter sah Lisa an und fragte: »Wie kannst du dir da so sicher sein? Und was wird aus meiner Arbeit oder wenn uns etwas zustößt?« Lisa sah Peter an und sagte: »Schau, mein Lieber, die Zeit ist nun angehalten. Ebenso wie ich bist auch du nun unsichtbar. Aber nun los, ich zeige dir nun die Welt«, rief Lisa und sie flogen nach Westen. Peter schüttelte den Kopf. Doch eh er sich versah, griff Lisa nach seiner Hand und schon flogen sie los. Leicht, fast schwerelos hinweg über Häuser und Felder. Lisa hielt Peter fest bei seiner Hand. In einer fremden Stadt landeten sie neben einem Friedhof. Peter sah sich um und wirkte sehr verstört. Lisa sah ihm das an und sagte: »Sei nicht beunruhigt, und fürchte dich nicht. Ich bin bei dir.« Peter fragte sie: »Warum hier an diesem Ort? Auf diesem alten verfallenen Friedhof?«

Sie nahm Peter an die Hand und führte ihn zu einem verfallenen Grab. Er sah verstohlen hin und fragte leise: »Wo sind wir hier?« Lisa sah Peter an und sagte: »Hier ist meine letzte Ruhestätte. Ich liege hier begraben.« Peter wurde es ganz schlecht. Ein Schock fuhr ihm durch die Glieder. Automatisch trat er ein paar Schritte zurück. Dann sagte er leise: »Du liegst also hier in der kalten Erde?« Lisa sah ihn an und sagte: »Ja, da unten in einer einfachen Holzkiste.« In diesem Moment verstummten alle Geräusche. Auch Peter wagte es nicht, die Stille zu stören. Doch dann trat Peter neben Lisa und sagte: »Aber nun bist du ein Engel. Und zur Erde geschickt, um Gutes zu tun.« Nach einigen Minuten nahm Lisa Peters Hand und sprach: »Bitte komm, es wird nun Zeit für uns zu gehen. Die Zeit ist knapp und es gibt viel zu tun.« Sie nahm Peter an die Hand und zusammen schwebten sie davon.

Während sie durch die Luft schwebten, fragte Peter: »Wo führt uns der Weg hin?« »In die Vergangenheit. In das

Leben zu meiner Zeit«, erwiderte Lisa. Peter sagte: »Nun, dann zeige mir mal deine Welt.« Kurze Zeit später landeten sie auf einer kleinen Wiese vor einem alten Haus. Peter fragte Lisa: »Sind wir nun am Ziel?« Lisa nickte und sprach: »Sieh, da drüben verunglückte Marianne, meine beste Freundin. Sie wurde von einem Wagen überfahren.« Lisa deutete in Richtung eines Kreuzes. »Ihre Mutter verkraftete den Unfall nie. Sie bat mich heute Nacht um Hilfe, und nun werde ich die beiden versöhnen und vereinen«, sagte Lisa. »Sind sie beide nun schon tot?«, fragte Peter. Lisa nickte, und sie gingen ein paar Schritte auf das Haus zu. Peter stand neben ihr und fragte: »Aber wie können wir diesen Leuten helfen?« »Wir befinden uns hier im Paradies. Alles ist hier möglich. Und nur wenn wir es wollen, kann man uns sehen. Und nun komm«, sagte Lisa. Sie sahen durch ein Küchenfenster. Da erblickten sie eine ältere Frau. Sie stand am Herd und kochte.

Lisa sagte zu Peter: »Schau, das ist Mariannes Mutter.« Peter fragte: »Wer ist Marianne?« Lisa erwiderte: »Sie war meine allerbeste Freundin. In der Blüte ihrer Jahre verunglückte sie tödlich. Sie ebenfalls wie ich kamen nur schwer über ihren Tod hinweg. Nun müssen wir ihr helfen.« »Aber wie willst du das machen, sie ist tot. Oder willst du sie wieder zum Leben erwecken?«, sagte Peter und sah Lisa mit fragenden Augen an. Einen Moment später entfernten sich die beiden ein paar Schritte. Lisa sagte: »Das wäre die größte Freude für mich. Sie war meine liebste und beste Freundin. Und ein so liebes Mädchen. Immer lustig und vergnügt. Und deshalb machte sie der Hohe Herr auch zum Engel.«

Nach diesen Worten sah Lisa zu Boden. Dann ging sie zu Peter hin und nahm ihn in den Arm. Er sagte: »Liebe Lisa, ich helfe dir, so gut ich kann.« »Vielen Dank, lieber Peter. Ich bin sehr glücklich, dich bei mir zu haben. Aber nun lass uns unsere Arbeit beginnen«, sagte Lisa. Sie nahm Peter an die Hand, und sie gingen beide auf das Haus zu. Kurz darauf traten sie ein. Peter sagte zu Lisa: »Es ist schon komisch, durch verschlossene Türen zu gehen.« Lisa lächelte und sagte: »Ja, mein Lieber, Engel können eben alles. Aber nun komm, wir müssen weiter.« Zuerst gingen sie die Treppe hoch und dann einen langen Gang entlang. Den eingeschlagenen Weg säumten Bilder eines vergangenen, aber doch glücklichen Lebens. Sie bogen um die Ecke und erreichten die Küche. Mariannes Mutter drehte sich um und dachte bei sich: Da war doch ein Geräusch. Sie lief auf die Türe zu. Lisa konnte Peter gerade noch beiseite schieben, bevor er mit Mariannes Mutter zusammenstieß. Sie trat einen Schritt nach draußen, doch niemand war zu sehen.

Schnell liefen Lisa und Peter zurück auf den Gang. Lisa besah sich nochmals die Bilder. Die ersten zeigten ein frohes, kleines Mädchen, dann einen hübschen Teenager mit einem verträumten Lachen auf dem Gesicht. Zum Schluss eine erwachsene Frau, die frech hinter einer Sonnenbrille vorsah. Manches Bild besah sich Lisa sehr intensiv. Peter trat an ihre Seite. Er fragte: »Was fühlst du beim Anblick dieser Bilder?« Lisa sah Peter an und erwiderte: »Ach, weißt du mein Schatz, die Erinnerungen an unsere Kindheit sind hier sehr lebendig. Wir lebten unbeschwert, und es war eine schöne Zeit.

Auch erlebten wir sehr viele schöne Dinge zusammen.« Er fragte: »Wie verliefen die nächsten Jahre?« »Immer waren wir dicke Freunde. In der Schule und auch danach bis zu Mariannes Tod und darüber hinaus. Ich bin damals mit ihr gestorben. Aber das Leben ging weiter«, sagte Lisa. Plötzlich erklang ein Klirren aus Richtung Küche. Lisa und Peter rannten hin. Marianne stand weinend am Tisch. Neben dem Tisch lagen Scherben am Boden. Marianne hielt sich die Hand, Blut tropfte aus der Hand auf den Boden. Lisa nahm Peters Hand und sagte: »Schnell, mein Lieber, wir müssen helfen.« »Ja, das müssen wir«, sprach Peter. Sogleich ging er zu Marianne hin und nahm ihren Arm. Marianne spürte nur eine warme Hand, die ihre Wunde verband.

Da nahm eine ungewisse Angst von ihr Besitz. Sie fragte mit zitternder Stimme: »Wer ist da?« Peter hielt Mariannes Hand und sprach: »Haben Sie keine Angst, ich bin ein Freund und helfe ihnen.« Marianne beschlich eine Unsicherheit. Sie fragte mit zitternder Stimme: »Ist das auch die Wahrheit, denn Ihre Stimme ist mir unbekannt, aber ich spür, die Schmerzen lassen nach, und so muss es der Wahrheit entsprechen.« Peter sprach: »Beruhige dich, meine Chefin kommt gleich, dann gibt es eine große Freude.« Marianne sah in die Richtung, aus der die Stimme kam. Dann sagte sie: »Bist du wirklich ein Engel? Und wer ist deine Chefin?« »Ja, und meine Chefin ist«, doch bevor er zu Ende reden konnte, rannte Lisa herbei und hielt ihm den Mund zu. Sie flüsterte: »Nichts sagen, sie soll noch nicht wissen, dass ich zurück bin, mein Schatz.« Peter wunderte sich zwar über ihre

Aussage, aber wandte sich dann wieder Marianne zu. Sie legten Marianne auf ihr Bett und gingen in ein anderes Zimmer. Peter fragte sie: »Aus welchem Grund willst du Marianne deine Rückkehr verschweigen?« Darauf erwiderte Lisa: »Nimm bitte Platz. Ich komme gleich wieder zurück, dann wirst du alles erfahren.« Peter nahm Platz, und Lisa verließ das Zimmer. Sie ging ins Badezimmer und zog sich aus. Dann stellte sie sich unter die Dusche. Sie genoss das warme Wasser und benutzte ein edles Duschgel. Dieses streichelte ihre Haut. Sie wusch noch ihre Haare, dann verließ sie die Dusche. Schminkte sich und ging zurück zu Peter.

Er besah sie und sagte: »Das ging aber schnell.« Lisa setzte gekonnt ihre weiblichen Reize ein. Langsam ging sie auf Peter zu. Mit sanfter Stimme sprach sie: »Nun sind wir alleine, mein Schatz.« Sie nahm neben Peter Platz und sah ihm tief in die Augen. Peter wollte aufstehen, doch sie hielt ihn sanft zurück und sprach: »Bitte bleib hier. Ich habe große Angst. Denn ich muss dir etwas beichten.« Peter sah Lisa mit großen sowie sorgengefüllten Augen an. Dann sprach er leise: »Was, du hast Angst? Bist du nicht ein Engel? Ich dachte, dich kann nichts aus der Fassung bringen.« Lisa erfasste in diesem Moment eine große Unsicherheit. Sie sprach: »Ja, ich bin ein Engel. Wurde zur Erde gesandt, um Gutes zu tun.« Nach diesen Worten sah sie aus dem Fenster. Peter wusste genau, dass sie ihn nun brauchte. Er nahm sie in den Arm und fragte: »Was ist denn geschehen? Willst du es mir nicht anvertrauen? Lisa sah Peter an und sagte aufgeregt: »Ich muss Marianne zur Seite stehen. Sie war nicht zufällig anwesend heute«, sagte Lisa. Lisa begann zu weinen. Sie fiel Peter um den Hals und war völlig aufgelöst.

Peter sprach zu ihr: »Hab keine Angst, mein Schatz. Wir schaffen es zusammen, dass du dich wieder mit Marianne versöhnst.« Lisa sah Peter an und sagte: »Das wird nicht so einfach sein.« Peter sah Lisa an und erwiderte: »Wieso nicht? Ihr wart doch dicke Freundinnen.« Lisa kuschelte sich enger an Peter hin. Sie zitterte am ganzen Leib. Peter geriet deshalb sehr in Sorge. Er nahm Lisa an die Schultern und fragte: »Was ist geschehen zwischen euch beiden? Warum plagt dich eine so große Angst vor Mariannes Rückkehr?« Lisa löste sich von Peter und ging im Zimmer umher. Dann sagte sie: »Schau, wir waren immer gute Freundinnen. Alles teilten wir. Unsere Spielsachen, Süßigkeiten, Freud und Leid. Aber Marianne war vom Wesen her immer zärtlicher und liebevoller. Immer gab sie nach, nur um mich nicht zu verlieren.« Nach diesen Worten sah sie Peter mit fragenden Augen an. Er sagte: »Langsam verstehe ich. Aber erzähl weiter, was geschah.« »Ich fühlte mich so stark zu dieser Zeit. Nie dachte ich darüber nach, wie es ihr ging. Sie tat, was ich sagte, so konnte ich immer bestimmen. Aber was ich ihr damit antat, das bedachte ich nie«, sagte Lisa.

Peter fragte weiter: »Was geschah dann?« »Heute weiß ich, wie sehr ich sie ausnutzte. Aber wie gesagt, sie beschwerte sich nie.« Peter fragte: »Ihr habt nie über diese Dinge gesprochen?« Lisa erwiderte: »Nein, sie gab mir nie eine Widerrede. Ich bin sicher, die Angst, mich zu verlieren, ließ sie schweigen. War ich doch ihre einzige Freundin. Nie traf sie andere Mädchen. Und wir hatten auch viel Spaß miteinander.« Nach diesen Worten herrschte Stille im Raum. Lisa sah Peter traurig an. Dann in Gedanken aus dem Fenster. Plötzlich drehte sie sich um. Sie ging zu Peter hin, nahm ihn an die Hand und zog ihn zum Fenster. Sie sprach: »Da auf dieser Bank saßen wir immer zusammen. Dort besprachen wir all unsere Sorgen. Die Sorgen dieser Welt und auch unsere erste Liebe. Was uns zu unserer Zeit bewegte.«

Peter sah Lisa an und sagte: »Da steckt doch mehr dahinter, als du zugeben willst. Also sag mir die ganze Wahrheit. Ich will dir doch helfen.« Lisa sah Peter an und begann zu schwitzen und zu zittern. Nochmals hakte er nach: »Was geschah an diesem besonderen Tag, als ihr über diese intimen Themen spracht?« Lisa schlich nervös im Zimmer auf und ab. Dann blieb sie stehen und sprach: »Na gut. Ich beichte dir nun die ganze Wahrheit, wie sie sich zutrug.« Peter musste nun sein ganzes Einfühlungsvermögen einsetzen. Langsam ging er in die Küche. Dort setzte er einen Kaffee auf. Nach einigen Minuten brachte er Lisa eine Tasse und nahm Platz. Er nahm ihre Hand. Dann sagte Lisa: »An einem Abend im November rief sie mich an. Sie war in bester Laune. Wir hatten uns seine ganze Woche nicht gesehen. Deshalb war ich nicht auf dem neuesten Stand.«

Peter fragte weiter: »Was war geschehen?« Lisa sagte: »Sie sagte mir voller Freude, dass sie einen Freund gefunden hatte.« Lisa stand auf und schenkte sich einen Kaffee ein.

Dann nahm sie wieder neben Peter Platz. Peter nahm sie in den Arm und lauschte weiter ihren Worten. Plötzlich ertönte ein Schrei vom Gang her. Beide schreckten hoch und rannten nach draußen. Auf dem Gang lag Marianne. Sie bewegte sich nicht. Lisa sah Peter an und sprach: »Wir müssen ihr helfen, sie ist in großer Gefahr.« Peter sowie Lisa rannten zu Marianne hin. Peter fühlte ihren Puls. Er war nicht mehr tastbar. Sofort erkannte er den Ernst der Situation. Lisa kam sofort herbei und strich Marianne mit der Hand übers Gesicht. Dann sah sie zum Himmel und sprach leise ein paar Worte. Kurz darauf drehte sie Marianne auf den Bauch und gab ihr einen Klaps auf den Po. Plötzlich schlug Marianne die Augen auf. Sie fragte leise: »Wo bin ich denn? Und Lisa, was machst du denn hier? Sind wir etwa im Himmel?« Lisa sagte: »Nein, du bist nicht hier im Himmel. Du bist bei mir.« Marianne erwiderte: »Dann hilf mir bitte. Ich fühle mich so schlecht wie am Tage meines Todes.« Lisa sagte zu Marianne: »Keine Angst, ich helfe dir.« Sie nahm nochmals alle Kräfte zusammen. Dann sah sie zum Himmel. Sie strich Marianne über die Stirn sowie ihr Herz und die Brust. Peter beobachtete das Geschehen aus der Ferne. Er fragte Lisa: »Welches Ziel hast du nun verfolgt?« Lisa sprach: »Schau, mein Schatz, ich holte Marianne wieder ins Leben zurück.« »Aber warum dann der Klaps auf den Po?«, fragte Peter. »Es ist genau wie bei einem Baby, es bekommt ja auch einen Klaps auf den Po, wenn es zur Welt kommt«, sagte Lisa.

Sofort schlug Marianne die Augen auf. Sie sah Lisa an und sagte: »Hallo Lisa, endlich sehen wir uns mal wieder. Wie geht es dir? Und warum treffen wir uns hier im Himmel? Sind wir nun vereint?« Lisa nickte und sprach: »Ja, liebste Freundin, nun sind wir wieder vereint. Aber nicht nur im Himmel, sondern auch auf der Erde. Werd schnell wieder gesund, es gibt viel Arbeit für uns.« Marianne nahm Lisas Hand, lächelte und lehnte sich zurück. Sie flüsterte: »Nun sind wir auch als Engel vereint.« Sie wirkte ruhig und zufrieden. Dann schlief sie in Lisas Armen ein.

Peter klopfte ihr voller Stolz auf die Schultern. Danach ging er ein paar Schritte zur Seite und ließ die beiden alleine. Lisa sah Marianne an. Ihr standen die Tränen in den Augen. Marianne hielt ihre Hand ganz fest. Sie sagte: »So lange suchte ich dich im Himmel. Fand dich aber nie. Da erfuhr ich von deiner Beförderung. Ich bewarb mich als deine Dienerin, aber sie lehnten ab.« Lisa sagte: »Du meine Dienerin! Das hätte ich nie erlaubt. Ich hätte dich nur als Partnerin genommen.« Marianne fragte: »Aber was machst du auf der Erde?« Sie erwiderte: »Ich wurde zur Erde zurückgesandt, um Gutes zu tun, ebenso wie du auch.« Marianne dachte kurz nach. Dann setzte sie sich auf und sagte: »Schön, dass du da bist«. Sie nahm sie in den Arm und küsste sie.

Im selben Moment schaltete sich Peter ein. Er fragte: »Na, habt ihr euch schon begrüßt?« Marianne sah Lisa an und fragte: »Wer ist dieser Mann?« Lisa antwortete: »Das ist mein Schatz, so wie ich sein Schutzengel bin.« Marianne sah Lisa mit fragenden Augen an. Dann sagte sie: »Was hat denn das nun wieder zu bedeuten, du kleines Schlitzohr?« »Alles fing damit an, dass mich der Hohe Herr zur Erde sande, um ihn vor allem Bösen zu bewahren. Aber nach und nach verliebte ich mich in diesen Lausbuben.« Marianne sah Lisa an und sprach: »Na wenn das so ist, dann wünsche ich euch alles Gute.« Sie nahm Lisas Hand und stand auf. Zusammen gingen sie davon. Lisa und Marianne sprachen über alte Zeiten. Über Kindheit und Jugendzeit. Am Ende der Unterhaltung kehrten sie zu Peter zurück. Marianne sprach zu Lisa: »Ja, wir beide schließen uns zusammen und sind nun Partner. Wir helfen uns gegenseitig.« Marianne sprach: »Ja, wir schließen uns zusammen und helfen den Menschen, um größeres Leid zu verhindern. Zusammen können wir vielen Menschen helfen.« Marianne sprach zu Lisa: »Ich habe eine tolle Idee. Heute Abend gehen wir zusammen weg und feiern wie in alten Zeiten.« Lisa freute sich ungemein. Sie rief Marianne zu: »Ja, du hast vollkommen Recht! Wir müssen unser Wiedersehen sowie unsere Zusammenarbeit begießen.« Sie sah Peter an und fragte: »Du begleitest uns doch?« Peter überlegte kurz, dann sagte er: »Nein, dieser Abend gehört nur euch beiden. Ich gehe nach Hause und ruhe mich aus. Lisa ging auf Peter zu und sprach: »Ist es dir wirklich recht, wenn ich mit Marianne alleine gehe?« Er lächelte sie an, küsste sie und sprach: »Aber ja. Genießt den Abend, wir sehen uns später.« Sie küssten sich nochmals, und Peter machte sich auf den Weg nach Hause.

Lisa und Marianne sahen sich an. Marianne sagte: »Komm, lass uns duschen gehen. Der Bus in die Stadt fährt in einer Stunde.« Lisa nahm Marianne an die

Hand. Sofort liefen beide nach oben. Lisa winkte Peter durchs Fenster zu, und schon waren beide im Zimmer verschwunden. Ausgelassen zogen sie sich aus und rannten den Gang entlang in die Dusche. Marianne drehte das Wasser auf und rief: »Komm schon Lisa, jetzt ist das Wasser schön warm!« Marianne stellte sich unter die Dusche. Sie genoss das warme Wasser. Einen Moment später folgte ihr Lisa. Beide ließen sich vom warmen Wasser streicheln. Lisa sah Marianne in die Augen. Sie flüsterte: »So eng zusammen waren wir schon lange nicht mehr.« Marianne erwiderte: »Das wagte ich nicht mal zu hoffen. Schau, du warst immer mein Vorbild. Sowie meine einzige Freundin. Aber nun lass uns gehen.«

Lisa sagte: »Komm, dreh dich um, ich wasche dir noch schnell den Rücken ab.« Sie drehte sich um, und Lisa wusch ihr den Rücken ab. Und dann ihren kleinen Knackpo. Diesen massierte sie sehr intensiv. Marianne genoss die Berührungen sehr. Kurz darauf sprach sie: »Lisa, dreh dich um, nun bist du an der Reihe. Und komm ein bisschen näher.« Ganz sanft fuhr Marianne Lisas Haut entlang. Sie wusch ihren Rücken und gelangte langsam zu ihrem Po. Lisa genoss es, und begann sogar leicht zu stöhnen. Sie flüsterte: »Bitte wasch ihn intensiver, ich genieße das sehr.«

Marianne tat, wie Lisa es wollte. Sie fuhr mit der Seife ganz sanft über Lisas Po. Dabei massierte sie ihn mit einem leichten Druck. Nachdem sie die Seife abgewaschen hatte, gab sie ihr einen kleinen Klaps und rannte nach draußen. Sie rief ihr zu: »Nun komm, lass uns auf die Piste gehen!« Lisa erschrak und zuckte gleichzeitig zusammen. Marianne erfasste kurz das Handtuch und rannte weiter ins Wohnzimmer. Lisa rief: »Na warte, meine Kleine. Das hast du nicht umsonst gemacht. Ich kriege doch schon zu fassen!« Ebenso wie Marianne rannte sie mit nackter Haut und nass ins Wohnzimmer. Dort angekommen nahm sie Marianne am Arm und sagte: »Nun habe ich dich. Ich lege dich übers Knie und verhaue dir mit meinem großen Kochlöffel deinen Po.« Lisa rannte in die Küche. Dort nahm sie den Kochlöffel aus der Schublade und rannte zurück ins Wohnzimmer. Was sie vorfand, ließ sie schnell erstarren. Marianne lag nackt auf dem Sofa. Sie lag auf dem Bauch und streckte Lisa ihren nackten Po entgegen. Sie flüsterte: »Na was ist, du wolltest mir doch den Hintern verhauen. Also fange an, ich warte schon darauf.«

Lisa stockte plötzlich der Atem. Im selben Moment erschienen ihr die Bilder aus der Jugend- und Kinderzeit. Sie sah, wie sie als Kinder spielten. Lisa bekam immer die schönen Rollen. Marianne ordnete sich unter. Ebenso als Jugendliche. Lisa war immer von einer Schar von Freunden umgeben, Marianne stand immer abseits in ihrem Schatten. Als sich die Nebel der Erinnerung lichteten, dachte Lisa: Marianne soll nie wieder im Schatten stehen. Dafür sorge ich. Sie erhob ihren Blick zum Himmel, flüsterte leise ein paar Worte. Zum Schluss bat sie den Hohen Herrn um ein Zeichen. Plötzlich wurde es ganz hell im Raum. Marianne erschien in einem hellen Lichterglanz, wie es Lisa noch nie sah. Nun wusste sie sicher, dass sie erhört wurde. Sie legte den Kochlöffel beiseite und ging zu Marianne. Dort angekommen setzte sie sich neben sie. Dann begann sie ganz leicht Marianne zu streicheln. Sie sagte: »Nun komm, steh auf und zieh dich an, wir können gleich gehen.«

Nach einer halben Stunde waren sie zum Ausgehen fertig, geschminkt und verließen das Haus. Sie fuhren zusammen in eine Disco. Dort angekommen betraten sie das Lokal. Es herrschte ein buntes Treiben sowie laute Musik. Auch die Stimmung war sehr gut. Lisa und Marianne traten näher und mischten sich unter die Leute. Sie bestellten sich zwei Gläser Cola. Dann nahmen sie an einem Tisch neben der Tanzfläche Platz. Marianne sah rüber. Die Bedienung kam an den Tisch und sagte: »Hier, euer Cola. Bitte schön.« Sie nickten und die Bedienung verließ den Tisch. Lisa beobachtete Marianne. Sie schien einen jungen Mann aufs Korn genommen zu haben. Sie beobachtete sie noch eine Weile, dann fragte sie: »Ist er hübsch?« Marianne erschrak und fragte: »Was meinst du denn?« Dabei wurde sie auch noch rot. Lisa dachte: Der Zauber wirkt ja schon.

Lisa sagte zu Marianne: »Na den Mann, den du die ganze Zeit beobachtest.« Marianne sagte schnell: »Ach, ich schau nur so.« »So, dann ist es ja gut«, sagte Lisa. Im selben Moment trat ein junger Mann an den Tisch der Damen. Er sah Marianne an und fragte: »Willst du mit mir tanzen?« Lisa sah Marianne an, doch sie reagierte nicht. Der junge Mann sah Lisa hilfesuchend an. Sie fragte: »Welche von uns beiden meinst du denn?« »Ich meine die Frau neben dir«, erwiderte er. Lisa sah

Marianne an. Dann sagte sie: »Hast du nicht gehört? Du wurdest soeben aufgefordert.« Marianne sah Lisa ungläubig an, dann stand sie auf und folgte dem jungen Mann auf die Tanzfläche. Sie fragte ihn: »Wie ist denn dein Name?« »Mein Name ist Jens, und wie ist dein Name?« »Mein Name ist Marianne«, sagte sie.

Nachdem Lisa ihr Glas geleert hatte, sah sie rüber zu den beiden. Sie unterhielten sich angeregt und Marianne wirkte sehr glücklich. Ihre Stimmung besserte sich von Minute zu Minute. Lisa dachte bei sich: »Na also, wer sagt's denn. Aber nun wird es Zeit für mich zu gehen.« Sie stand auf und zog ihre Jacke an. Im selben Moment klang es leise aus den Lautsprechern. Marianne kuschelte sich eng an die Schulter von Jens. Lisa ging zufrieden auf die Straße. Dort atmete sie tief durch und sah zum Himmel. Langsamen Schrittes ging sie durch die Nacht nach Hause. Dort angekommen nahm sie in der Küche Platz und schenkte sich eine Tasse Kaffee ein. Plötzlich spürte Lisa eine Gefahr. Sie wusste genau, irgendwo ist ein Unglück passiert. Sie rannte zum Spiegel und sah hinein. In derselben Sekunde erschien ihr ein Mann. Dieser war eingeschlossen in einem brennenden Haus. Sie drehte sich um und flog sofort hin. Ein Mann stand am Fenster und drohte zu ersticken. Sie betrat das brennende Haus. Schnell fasste ihn am Arm und flog mit ihm ins Freie. Sanft landeten die beiden auf dem Rasen neben dem Haus. Lisa sah dem jungen Mann in die Augen und lächelte ihn dabei an. Dann sprach sie: »Das hätte knapp werden können für dich.« Der junge Mann schüttelte ungläubig den Kopf und sagte: »Was ist denn geschehen? Und wie komme ich hierher?« Lisa sagte: »Das Haus brennt und ich rettete dich. Mein Name ist Lisa.« Er fragte: »Aber wie konntest du so schnell hier sein?« »Ich bin ein Schutzengel«, erwiderte Lisa. Nun war er völlig durcheinander und schaute noch ungläubiger als vorher. Wie automatisch sagte er: »Mein Name ist Bernd.« Er lächelte Lisa an, und diese half ihm auf.

*

Als die Musik verklang, blieben Jens und Marianne stehen. Marianne sah sich um, doch sie konnte Lisa nicht erblicken. Sie sah Jens an und fragte: »Wo kann Lisa nur sein?« Jens schüttelte den Kopf und sagte: »Ja, das weiß ich auch nicht, aber wir können ja zusammen nach ihr suchen.« Marianne sah Jens an und sagte: »Danke, na dann lass uns gehen.« Marianne nahm Jens an die Hand und sie gingen davon. Er sagte: »Ich helfe dir gerne beim Suchen.« Ihr Weg führte sie entlang der Hauptstraße. Plötzlich blieb Marianne stehen. Sie rief: »Schnell komm mit, Jens! Ich weiß nun, wo Lisa ist. Ich habe sie gesehen«, fügte sie hinzu. Sie rannten die Straße runter in Richtung Stadt. Im Nu erreichten sie die Straße. Marianne sah das ausgebrannte Haus. Sie erschrak und fragte leise: »Was mag da wohl geschehen sein?« Verstört und voller Sorge sah sie Jens an.

Er nahm Marianne an die Hand und sprach: »Na komm, wir werden sie schon finden.« Marianne sah zum Himmel und flüsterte: »Sag mir bitte, wo Lisa ist. Gib mir ein Zeichen.« Jens stand daneben und wusste nichts mit

Mariannes Verhalten anzufangen. Er fragte: »Was ist denn los? Was hat das zu bedeuten? Mit wem hast du eben gesprochen?« Marianne erwiderte: »Mit meinem Chef. Ich bin ein Engel.« Dabei sah sie Jens genau in die Augen. Plötzlich erschien ein helles Licht hinter dem Haus. Marianne erkannte das Zeichen sofort und rief: »Komm schnell, Jens. Ich weiß jetzt, wo sich Lisa aufhält.« Sie nahm seine Hand und sie rannten los. Schnell erreichten sie den Rasen hinter dem Haus. Dort fand sie Lisa sowie einen fremden Mann vor.

Sie fragte: »Was geschah hier Schlimmes? Ist dir etwas geschehen?« Lisa erhob sich, nahm Marianne in den Arm und sprach: »Nein, meine Liebe, mir ist nichts passiert, ich bin in Ordnung.« Sie drückte Marianne ganz fest an sich. Sie sagte: »Glaub mir, es ist nichts passiert und ich bin in Ordnung.« Wiederholte Lisa. Jens und Bernd standen daneben und wunderten sich sehr. Bernd fragte: »Weißt du, was das alles zu bedeuten hat? Ach übrigens, mein Name ist Bernd. Lisa rettete mich soeben aus dem brennenden Haus.« Er reichte Jens die Hand. »Den heutigen Abend verbrachte ich mit Marianne. Wir liefen hierher, weil wir Lisa vermissten, mehr weiß ich auch nicht«, sagte Jens. Die beiden Männer sahen sich an. Danach liefen sie zu Marianne und Lisa hin und fragten sie: »Wer seid ihr beiden?« Die beiden zuckten mit den Schultern. Zuerst folgte keine Reaktion. Dann sprach Lisa zu Marianne: »Nun müssen wir wohl Farbe bekennen und die Wahrheit sagen.« Marianne nickte, und Lisa sagte: »Wir beide starben vor langer Zeit. Nach einigen Jahren wurden wir zur Erde zurückgeschickt, um als Engel Menschen zu helfen, die in Not sind.« Jens sah voller Erstaunen rüber zu Bernd. Beiden blieb fast die Luft weg vor Erstaunen. Sie konnten nicht glauben, was sie eben hörten. Jens sprach zu Bernd: »Marianne hat schon so etwas angedeutet, aber ich glaubte es nicht. Aber nun schon. Denn rettete sie dich aus dem brennenden Haus, dann muss sie ein Engel sein.« Bernd ging zu Lisa hin und sprach: »Vielen Dank, dass du mein Leben gerettet hast.« Lisa sah in die Runde und fragte: »Was stellen wir heute noch an?«

Marianne sprach: »Lass uns zusammen zu mir gehen, dort feiern wir noch ein wenig.« Alle stimmten zu und so machten sie sich auf den Weg. Schnell erreichten sie Mariannes Wohnung. Und traten ein. Bernd sah zur Uhr und sagte: »Es ist noch früh am Abend. Na dann können wir ja noch ein wenig feiern.« Die Stimmung stieg von Stunde zu Stunde. Plötzlich hielt Lisa erstarrt inne. Ihr schoss Peter durch den Kopf. Sie sah zur Uhr und dachte: Mein armer Peter. Sicher macht er sich schon Sorgen um mich. Schnell lief sie zum Telefon und rief ihn an. Er sagte mit verschlafener Stimme: »Ja, wer spricht?« Lisa begann vor Erleichterung zu lachen und erwiderte: »Hallo, mein lieber Peter. Hier spricht dein Schutzengel. Habe ich dich geweckt?« Peter atmete tief durch und sprach: »Guten Abend, mein lieber Schatz. Ja, in der Tat ich hatte gerade einen erotischen Traum. Du hast mich dem entrissen.« Lisa verspürte eine plötzliche Eifersucht und fragte: »So! Von welcher Nixe handelte denn dieser Traum, mein kleiner Lausbub?« Peter lächelte insgeheim und erwiderte frech: »Ach, weißt du, ich träumte von

einer kleinen, zierlichen Frau. Sehr lieb und sehr süß.«
Nun packte Lisa endgültig die Eifersucht. Sie sprach mit
festem Ton: »Ich bin in zehn Minuten bei dir! Und du
solltest fertig sein, um mit mir auf eine Party zu gehen.
Sonst lege ich dich übers Knie.«

Nach diesen Worten legte sie auf und machte sich auf
den Weg zu Peter. Pünktlich erreichte sie seine Wohnung. Sie parkte ein und stieg aus. Völlig außer Atem
drückte sie die Klingel. Und schon öffnete Peter. Den
Tränen nahe stürzte sie in die Wohnung. Sie nahm Peter
in den Arm und küsste ihn auf den Mund. Dann sagte
sie: »Hallo, mein Schatz. Habe dich sehr vermisst. Aber
nun lass uns zur Party gehen.« Peter sah Lisa an und
sagte: »So schnell geht das nicht. Denn ich habe Besuch.«
Lisa erschrak und sprach: »Doch keine Frau?« Peter sah
Lisa an und antwortete: »Nein, keine Frau. Mein Freund
Franz. Und der schläft schon.« Lisa fiel Peter erleichtert
in die Arme. Sie bat Peter leise: »Bitte weck ihn auf. Er
soll mitkommen.« Peter sagte: »Na gut, wenn du meinst.«
Er betrat ein kleines Zimmer und weckte Franz auf.

Kurz darauf kam Franz aus dem Zimmer und fragte:
»Was ist denn los, warum weckst du mich auf?« Peter antwortete: »Alter Junge, zieh dich an. Wir gehen
noch auf eine Party.« Franz zuckte mit den Schultern
und ging zurück ins Zimmer. Er zog sich an und kurz
darauf stand er vor Peter. Während dieser Zeit rief Lisa
Marianne an. Marianne hob ab und sprach: »Ja, hier
spricht Marianne.« Lisa sagte: »Marianne sucht bitte
eine Begleitung für Franz heute Abend. Wenn du keine

findest, dann zaubere eine. Du weißt, was ich meine. Wir sind in zehn Minuten da.« Marianne erwiderte: »Ja gut. Ich frage beim Chef nach. Vielleicht kann ich etwas erfahren.« Lisa erwiderte: »Ich baue auf dich, bis gleich.« Beide legten auf, und Marianne ging nach draußen. Sie sah hoch zum Himmel. Kurz darauf fragte sie: »Weißt du einen Rat, dann hilf mir bitte.« Marianne ging zurück ins Haus. Kurz darauf klingelte es an der Türe. Marianne öffnete. Draußen stand eine junge Frau. Sie sprach: »Hallo, mein Name ist Petra. Ich wurde heute zu einer Feier eingeladen.« Marianne wusste sofort Bescheid. Sie sprach freundlich: »Komm bitte rein.« Petra erwiderte leise: »Danke, aber meine Freundin Christine begleitet mich.« Marianne erwiderte: »Na prima, kommt nur rein.« Die beiden Frauen traten ein. Marianne nahm die beiden Frauen an die Hand und sprach: »Passt mal auf, Mädels. Heute steigt hier eine große Party. Mein Name ist Marianne.« Die beiden Frauen sahen sie fragend an. Sie fragten leise: »Was soll nun geschehen? Sind hier viele Männer?« Marianne erwiderte: »Ja, und die warten nur auf euch.«

Sie nahm beide an die Hand, zwinkerte kurz mit den Augen, und schon befanden sie sich mitten auf der Feier. Marianne ging zu Jens hin und fragte: »Wo ist denn Bernd abgeblieben?« Er sagte: »Das weiß ich nicht, aber weit kann er nicht sein.« Sie sagte: »Na, dann such ich ihn mal.« Sie gab Jens einen Kuss und war im selben Moment verschwunden. Jens kam gar nicht mehr zu Wort. Plötzlich klingelte es an der Türe. Jens öffnete. Draußen stand Peter mit seinem Freund Franz. Peter sah Jens an und sprach: »Hallo, mein Name ist Peter. Lisa lud uns hier zu einer Party ein. Das ist mein Freund Franz.« Jens erwiderte: »Ich weiß Bescheid, kommt rein.«

Alle zusammen trafen sich im Wohnzimmer. Jens drehte die Musik lauter und sprach: »Nun bedient euch, und seid fröhlich. Viel Vergnügen beim Feiern.« Die Anwesenden griffen zu. Jens schaute sich um und sah andauernd zur Uhr. Lisa trat neben Jens. Sie fragte besorgt: »Was ist denn los?« Jens erwiderte sichtlich besorgt: »Marianne ist schon eine ganze Weile verschwunden, und ich sorge mich um sie.« Lisa fragte: »Wo hast du sie zuletzt gesehen?« »Sie war hier und wollte nur kurz zu Bernd gehen. Aber gleich wiederkommen. Und dann seien wir vereint für immer«, sagte Jens. Lisa dachte nach. Da fiel es wie ein Schleier von den Augen. Sie wusste, was die Zukunft bringen würde. Sie dachte bei sich: Also das ist nun das Ende unseres Ausfluges. Und einer großen Mission. Und Marianne wusste es, deshalb diese Feier. Sie stellte ihr Glas ab und ging nach draußen.

Dort atmete sie tief durch und sah sich um. Da erblickte sie Marianne. Sie schlenderte befreit von allen Sorgen die Straße hoch. Sie blieb vor Lisa stehen und sagte leise: »Hallo meine Liebe. Hier ist nun der Punkt und die Zeit, um Abschied zu nehmen. Du gehst mit deinem Peter. Und ich ziehe mit Jens weiter. Wir haben große Pläne. Unsere Wege trennen sich heute. Aber ich bin sicher, wir sehen uns wieder.« Es herrschte einen Moment Stille zwischen den beiden. Jeder für sich war in Gedanken versunken. Aber die Zeit der Trennung war gekommen.

Marianne bemerkte, dass Lisas Herz schwer wurde. Sie sprach: »Ach, meine Liebe. Als Engel sind wir nun mal auserwählt, Gutes zu tun. Aber nicht immer können wir zusammen wirken.« Wieder trat eine bedrückende Stille ein. Kurz darauf sprach Lisa: »Versprich mir aber, dass wir uns wiedersehen zwischen den Zeiten.« Marianne ging auf Lisa zu und nahm sie in den Arm. Sie sprach: »Ich verspreche es dir.« Sie nahm sie in den Arm und gab ihr einen Kuss auf den Hals. Dann sprach sie: »Nun nimm deinen Peter und geht zusammen heim.« Lisa löste sich von ihr und ging ins Haus. Sie sah sich um und erblickte Peter in einer Ecke des Zimmers. Er sah verstohlen aus dem Fenster. Lisa trat neben ihn und sprach: »Hallo mein Schatz. Nun bin ich bei dir.« Peter erwiderte: »Gut, ich habe dich sehr vermisst, mein lieber Schatz.« Er nahm Lisa in den Arm und küsste sie leidenschaftlich auf den Mund. Dann sagte er: »Ich war schon in Sorge. Dachte, es wäre dir etwas geschehen.« Lisa erwiderte: »Danke für deine Sorge, aber ich bin in Ordnung. Meine Mission ist nun erfüllt. Wir können also beruhigt nach Hause gehen.

Peter sah Lisa an und fragte: »Welche Mission?« Lisa nahm Peter an die Hand und führte ihn ins Wohnzimmer. Dort fragte sie: »Kannst du sehen, was ich meine?« Peter erwiderte leise: »Ja, ich sehe. Marianne schwebt auf Wolke sieben. Sie lieben sich sehr und küssen sich andauernd.« »Ja, aber nun lass uns gehen«, sagte Lisa. Nahm Peter an die Hand. Dann zwinkerte sie mit den Augen und beide flogen davon. Lisa drückte Peter fest an ihren Körper. Sie flogen über Berge und Felder. Einen Augenblick später landeten sie vor ihrem neuen Haus.

Sie traten ein und Peter nahm am Tisch Platz. Dieser war schon für das Frühstück gedeckt. Peter fragte: »Willst du Milch in deinen Kaffee?« Lisa sah ihn an und antwortete: »Ja bitte. Ich mag keinen schwarzen Kaffee.« Plötzlich ertönte die Klingel. Peter sah Lisa an und sagte: »Wer kann das nur sein?« Lisa erwiderte: »Na dann öffne, und du wirst es sehen.« Peter stand auf und öffnete. Draußen stand ein Mann. Er sagte: »Hier habe ich einen Brief für Lisa.« Peter nahm ihn entgegen und übergab ihn Lisa. Er sagte: »Hier ist ein Brief für dich.« Lisa öffnete, las ein paar Zeilen und blickte zum Himmel. Dann sagte sie: »Alles ist gut.«

Peter saß zusammen mit seiner Tasse Kaffee am Frühstückstisch. Ganz in Gedanken sah er in die Ferne. Sieben Monate zogen ins Land, als Lisa von mir ging. Wo mag sie wohl sein? Und wie mag es ihr gehen?, fragte er sich in Gedanken.

Mit einem lauten Seufzer wandte er sich dem Inhalt der Tageszeitung zu. Nachdem die Weltnachrichten gelesen waren, erblickte er auf der vierten Seite ein Bild. Es zeigte eine hübsche Frau. Im selben Moment stockte ihm der Atem. Denn es zeigte Lisa. Aufgeregt überflog er den dazugehörigen Artikel. Als letzten Satz las er: »Verfasst von Toni Berger.« Schnell lief Peter zum Telefon und rief bei der Zeitung an. »Ja, hier Toni Berger«, hörte er eine Männerstimme sagen. Peter erwiderte: »Hier spricht Peter Müller. Ich benötige eine Auskunft. Wann und wo trafen Sie die junge Dame in Ihrem Artikel?« »In der Kirche am Marktplatz«, bekam er zur Antwort. Peter überlegte kurz, dann fragte er vorsichtig: »Konnten sie etwas Sonderbares an ihr feststellen?« »Ja, ihr Antlitz leuchtete heller als die Sonne. Sie strahlte über das ganze Gesicht, und ich hatte die Vermutung, sie schaut durch mich hindurch. Ihre Augen schienen zu brennen.« Peter dachte: Das ist meine Lisa gewesen, mein Schutzengel. Vielen Dank für Ihre Auskunft. Sie halfen mir sehr damit.

Ganz in Gedanken ließ Peter den Hörer auf die Gabel sinken. In Gedanken betrat er die Küche. Sogleich nahm er sich eine Flasche Mineralwasser. Während er einen Schluck nahm, sah er aus dem Fenster. Da erblickte er eine Frauengestalt. Schnell stellte er die Flasche ab. Dann sah er genauer hin und sagte zu sich: »Das ist doch meine Lisa.« Schnell rannte er nach unten. Doch sie war verschwunden. Enttäuscht lief er zurück in die Wohnung. Aber sobald die Türe ins Schloss fiel, bemerkte Peter, dass er nicht alleine war. Er sah sich um, da erblickte er Lisa am Fenster. Voller Sehnsucht fielen sich die beiden in die Arme, und Peter sagte ihr ins Ohr: »Hallo Lisa. Wie geht es dir? Habe dich sehr vermisst.« Lisa erwiderte: »Auch ich vermisste dich sehr. Aber ein großer Auftrag fesselte mich.« Dabei streichelte sie ihn über Haare und Wange. Peter sah ihr in die Augen und sagte: »Das Wichtigste ist, du hast mich nicht vergessen. Bist du denn auch gesund?« »Ja, es geht mir gut. Bin auch soweit gesund, nur etwas müde, mein Liebling«, sagte Lisa.

Beide nahmen Platz, und Peter streichelte Lisas Hand. Er sprach: »Du fühlst dich ja ganz kalt an.« »Ja, dann musst du mich halt wärmen, mein Lieber«, sagte Lisa. Dabei rutschte sie näher zu ihm hin. Sie legte ihren Arm um ihn und sah ihn in die Augen. Peter sprach: »Du siehst sehr müde aus. Leg dich doch ein wenig hin.« Sie nickte nur und folgte Peter ins Schlafzimmer. Er half ihr beim Ausziehen, gab ihr einen Kuss und verließ das Zimmer. An der Türe wandte er sich Lisa zu und sprach: »Schlaf gut.« Lisa lächelte und schloss die Augen.

Peter nahm im Wohnzimmer Platz. Da klingelte es an der Türe. Peter öffnete. Draußen stand Franz. Er rief: »Hallo Franz, komm rein. Wie geht es dir?« Franz trat ein und nahm im Wohnzimmer Platz. »Nicht gut, Bianca verließ mich gestern. Sie zog zu einem anderen Mann«, sagte Franz kleinlaut. »Tut mir Leid für dich. Ihr seid doch immer das Traumpaar gewesen«, sagte Peter. »Ja schon, aber sie ging immer öfters ihre eigenen Wege. Ging und kam, wann sie wollte«, sagte Franz mit gedrückter Stimme. Dabei standen ihm die Tränen in den Augen. Plötzlich stand Lisa neben Peter. Sie zupfte ihn am Arm und sagte: »Ich werde Franz helfen. Damit er wieder glücklich wird. Komm mal schnell in die Küche.« Peter sagte: »Ja, ich komm gleich.«

Er sagte zu Franz: »Ich gehe mal schnell in die Küche.« Franz nickte nur und nahm Platz. Nach kurzer Zeit kehrte er zurück. In der Hand zwei Gläser Bier. Ihm folgte Lisa. Sie sagte: »Hallo Franz. Ich helfe dir bei deinem Problem. Wir drehen die Zeit zurück. Nun hole ich Petra, deinen Schutzengel, her. Du geh schon mal nach Hause. Sie besucht dich dann.« Sie gab Peter einen Kuss und stellte sich in sicherer Entfernung auf. Dann sah sie zum Himmel und sprach leise ein paar Worte. Peter verstand kein Wort. Plötzlich erschien ein grelles Licht im Raum. Dieses verwandelte sich in eine menschliche Gestalt. Langes, schwarzes Haar, schlanke Figur sowie schöne braune Augen. Sie nahm Lisa in den Arm und sprach: »Hallo meine Liebe. Warum hast du mich gerufen?« Sie erwiderte: »Dein Schützling leidet unter Liebeskummer. Seine große Liebe verließ ihn von einem Moment auf den anderen, ohne einen Grund zu nennen.« Sie nahm Petra an die Hand und sagte: »Das ist Peter, mein Schützling. Und das ist Petra, der Schutzengel von Franz.« »Oh, du bist ja wirklich zu beneiden. Welch ein hübscher Mann«, sprach Petra. Sie reichte Peter die Hand. Dabei sah sie ihm tief in die Augen.

Doch dann wandte sie sich Lisa zu. Sie fragte: »Was muss ich tun? Und wo ist Franz im Moment? Ich muss ihn kennen lernen.« Alle drei gingen zusammen zu Franz. Petra reichte ihm die Hand und sprach: »Hallo, mein Name ist Petra. Ich bin dein Schutzengel. Ich kenne dein Problem, und ich helfe dir dabei.« Franz nahm die Hand an und sagte völlig verdutzt: »Ich freue mich, dich zu sehen.« Im selben Moment durchströmte ihn eine wohlige Wärme. Petra sprach: »Lisa und ich besprechen nun die ganze Sache.« Im selben Moment verließen sie das Zimmer. Franz und Peter blieben alleine zurück. Peter stand auf, goss beiden ein Bier ein und sprach: »Nun wird alles gut. Du wirst sehen.«

Petra und Lisa betraten das Nebenzimmer. Petra nahm Platz. Sie sah Lisa an und fragte: »Was muss ich tun, um Franz zu helfen?« Lisa erwiderte: »Seine Freundin hat ihn verlassen, deshalb ist er sehr traurig.« »Nun, dann nehme ich die beiden mal unter die Lupe, damit ich im richtigen Moment eingreifen kann«, sagte Petra. Lisa sprach: »Viel Erfolg und pass auf dich auf.« Petra nickte und flog davon.

Lisa ging zurück zu Peter. Franz hatte in der Zwischenzeit das Haus verlassen. Sie nahm neben Peter Platz. Dann nahm sie seine Hand und sprach leise: »Mach dir keine Sorgen. Petra ist auf dem Weg zu Franz, es wird alles gut.« Dann gab sie ihm einen dicken Kuss. Peter sagte: »Lass uns heute Abend feiern. Was meinst du zu meinem Vorschlag?« Lisa überlegte kurz. Dann sah sie zum Himmel und erwiderte: »Ja, warum nicht. Unser Wiedersehen muss gefeiert werden.« Sogleich fuhren sie zum Supermarkt. Doch bevor sie eintraten, war Lisa verschwunden. Peter sah sich verwundert um und fragte: »Wo bist du denn?« »Direkt neben dir, komm, lass uns einkaufen gehen«, sagte Lisa. Dann traten sie ein. Zusammen schlenderten sie durch die Gänge und kauften das Benötigte ein. Lisa sagte: »Nimm noch ein paar Flaschen Bier mit. Die haben so schön geprickelt in meinem Bauch.« Peter tat, wie Lisa wollte. Draußen angekommen packten sie die Sachen ins Auto und fuhren nach Hause.

*

Petra flog schnell zur Wohnung von Franz. Vor seiner Türe landete sie. Noch immer war sie unsichtbar. Sie trat ein. Beim Umherlaufen erblickte sie Franz. Er saß am Küchentisch. Sie dachte bei sich: Also nun auf in den Kampf. Überall hingen Bilder einer sehr schönen Frau. In verschiedenen Farben. Gut gekleidet und auch nackt war sie darauf abgebildet. Petra besah sich die Bilder genau. Dabei dachte sie: Aha, das ist bestimmt Bianca. Nicht schlecht.

Nun betrat sie die Küche. Sie nahm auf dem Stuhl neben Franz Platz. Franz bemerkte plötzlich, dass sich jemand im Raum befand. Doch erkennen konnte er niemand. Er wandte sich wieder seiner Zeitung zu. Da fuhr ihm ein Schreck durch die Glieder. Denn Petra stand in Lebensgröße vor ihm. Voller Schreck und Anspannung fragte er: »Wer sind Sie, und wie kommen Sie hierher?« Petra nahm ihn in den Arm und sagte: »Bitte fürchte dich nicht. Ich bin dein Schutzengel und will dir helfen. Dass du wieder glücklich wirst. Mein Name ist Petra.« Franz atmete tief durch. Voller Erstaunen ließ er sich auf den Stuhl fallen. Petra hielt seine Hand. Dann sagte sie: »Fürchte dich nicht, ich bin dein Schutzengel und gekommen, um dich und Bianca wieder zusammenzubringen. Das ist doch dein Wunsch?« »Aber wie willst du das schaffen? Zu allem Unglück weiß ich ja noch nicht einmal, wo sie sich aufhält und was sie tut«, sagte Franz. Dabei sah er sie mit fragenden Augen an. Von seinem traurigen Blick wurde es Petra ganz mulmig. Sie dachte bei sich: Eigentlich ist es ja verboten. Und sicher werde ich dafür bestraft werden, aber naja.

Sie sah Franz in die Augen und sagte: »Ich kann dir zeigen, was Bianca gerade tut und wo sie sich aufhält. Und es wird bestimmt positiv ausgehen.« »Na dann«, sagte Franz, »schlimmer kann die Enttäuschung nicht mehr werden«, fügte er hinzu. Petra schnippte mit den Fingern. Plötzlich erschien Bianca auf einem Bildschirm. Die Augen völlig verweint. Franz stand auf und ging zum Bildschirm hin. In der nächsten Sekunde stand er neben Bianca. Und Petra war verschwunden.

*

Zuhause angekommen stellten sie die Einkaufstüten in der Küche ab. Peter sagte: »Nun machen wir uns ein paar schöne Stunden.« Lisa nickte und fragte zugleich: »Und womit wollen wir beginnen?« Peter schmunzelte, ging auf Lisa zu und sagte: »Wir gehen zusammen unter die Dusche.« Schnell gingen sie zusammen ins Badezimmer. Peter begann Lisa langsam auszuziehen. Dann gingen sie zusammen unter die Dusche. Zusammen genossen sie das warme Wasser und streichelten sich gegenseitig. Kurz darauf stellte Lisa das warme Wasser ab, und die beiden verließen die Dusche. Sie trockneten sich ab und gingen Hand in Hand ins Wohnzimmer. Dort kämmte Peter Lisa die Haare. Dabei sagte er: »Welch schönes, goldenes Haar du hast.« »Ja, ich bin ja auch ein Engel«, erwiderte Lisa. Peter sah sie an, lächelte und sprach: »Du meinst wohl Bengel, und ein hübscher noch dazu.« Lisa drehte sich zu Peter hin, zog ihn an den Ohren und rief: »Na warte, du Spitzbube, nun kriege ich dich.« Sie zwinkerte mit den Augen, und schon waren Peters Hände gefesselt.

Jetzt konnte sich Peter nicht mehr wehren. Sie schob ihn nach hinten aufs Bett, zog sich aus, dann kuschelte sie sich nackt an Peters Körper. Küsste und liebkoste ihn heiß und voller Lust. Sie rieb sein Glied, und Peter begann leise zu stöhnen. Schnell schob sich Lisa nach oben. Unter leichtem Kitzeln drang sein Glied in ihr Paradies ein. Schnell und rhythmisch bewegten sich die Körper der beiden. Das Stöhnen wurde immer lauter. Schließlich gelangten beide zum Orgasmus. Lisa schrie laut auf und sank völlig erschöpft, aber zufrieden auf Peters Brust nieder. Er spürte ihren schnellen Atem und flüsterte: »Mein Schatz ich liebe dich.«

Danach standen sie auf und zogen sich an. Lisa ging in die Küche. Als sie die Türe öffnete, bekam sie große Augen vor Erstaunen.

Petra nahm Franz am Arm. Sie sprach: »Sei nicht irritiert von Biancas Verhalten.« Franz fragte: »Was willst du mir damit sagen?«, dabei sah er sie verwirrt an. Sie erwiderte: »Mehr darf ich dir nicht sagen. Meine Kraft geht zu Ende. Ich wünsche dir viel Glück, und fürchte dich nicht. Ich bin bei dir.« Franz ging zu Bianca hin. Er sah sie an und fragte voller Erwartung: »Hallo Bianca. Wie geht es dir?« Bianca sah ihn mit verweinten Augen an und erwiderte: »Nicht gut.« Dann wandte sie sich um und sah aus dem Fenster. Franz gab nicht auf. Er ging näher zu Bianca hin und fragte: »Was ist denn geschehen? Warum weinst du denn?«

Bianca konnte Franz nicht in die Augen sehen. Sie sprach leise, mit verweinter Stimme: »Ich tat dir sehr weh in der letzten Zeit.« Franz erwiderte: »Ja, das stimmt. Es bereitete mir sehr viel schlaflose Nächte in der letzten Zeit.« Bianca begann noch lauter zu weinen und zu schluchzen. Plötzlich stand Petra neben Franz. Sie nahm ihn am Arm und sprach: »Schnell, geh hin zu ihr, das ist jetzt deine Chance.« Franz nickte und ging auf Bianca zu. Nahm sie am Arm und sprach: »Mach dir keine Vorwürfe, ich liebe dich noch immer sehr.« Sie legte ihren Kopf an die Schultern von Franz und sagte: »Du willst mich wirklich noch haben nach allem, was ich dir antat? Ich verließ dich von heute auf morgen wegen eines anderen Mannes.«

In der Tat. Franz erschienen die Geister der Vergangenheit. Fred stand lachend vor ihm. War ja auch der Sieger gewesen. Hand in Hand verließen er und Bianca die Disco. Vor seinen Augen küssten sie sich heiß und innig. Aber schnell lösten sich die Nebel der Vergangenheit vor seinen Augen.

Lisa stockte von einer Sekunde auf die andere der Atem. Schnell schob sie Peter beiseite. Sie sprach: »Das muss ich alleine lösen«, dann schloss sie die Türe. Vor ihr stand der Vorsitzende des Hohen Gerichts. Der »Hohe Herr«. Er sprach mit strenger Stimme: »Tritt ein, ich möchte mit dir reden.« Sie trat näher, kniete nieder und küsste den Ring des Herrn. Er sah sie mit einem strengen Blick an und fragte: »Du weißt, warum ich hier bin?« Dabei klangen Lisa die Ohren. Sie sah nach oben und erwiderte leise und ängstlich: »Ja, ich weiß.« Ihre Stimme war kaum hörbar. »Ich verstieß gegen ein höchstes Gebot«, sagte sie. »Und warum?«, fragte der Herr. »Nun, um zu helfen. In der gegebenen Situation wusste ich keinen anderen Ausweg«, antwortete Lisa. »Hast du auch richtig überlegt, bevor du gehandelt hast?«, fragte der Herr. »Ja, sicher. Tag und Nacht zerbrach ich mir den Kopf. Aber Franz war unglücklich, und ich musste schnell helfen. Deshalb griff ich zu dieser letzten Lösung«, sagte Lisa.

Der Herr erhob sich. Er sprach: »Ich sehe deine gute Absicht. Deshalb fällt deine Strafe auch nicht so hoch aus. Sonst würden wir dich strenger bestrafen.« Er zog sein Buch heraus und sagte: »Nach eingehender Beratung bestrafen wir dich mit sechs festen Hieben auf deinen nackten Popo. Diese werden mit einem Stock ausgeführt.« Lisa hörte das Urteil und erschrak innerlich. Aber sie dachte dabei an Peter und ihre Liebe. Die beide verbindet. Würde sie die Strafe nicht annehmen, könnte sie Peter nie wieder sehen. Sie erhob sich und sprach: »Sie versprechen mir, dass ich meine Arbeit wie vorher fortsetzen kann, wenn ich diese Strafe annehme? Es wird keine Behinderungen geben?« Der Herr nickte und sprach: »Ja, es wird sich nichts ändern.« »So lasst uns beginnen, Herr. Die Zeit drängt«, sagte Lisa. Sie stand auf und zog ihre Hose und den Slip aus. Dann legte sie sich über die Sünderbank. Der »Hohe Herr« trat neben sie, nahm den Stock zur Hand und schlug sehr fest zu. Lisa schrie bei jedem Hieb, der ihren Po traf, laut auf. Dabei dachte sie ganz fest an Peter. Bei sechs angelangt stand sie auf, bekleidete sich und küsste den Ring des Herrn. Nach einer Verbeugung verließ sie den Raum.

Draußen wartete Peter. Für ihn war die Zeit stehen geblieben. Lisa stand plötzlich neben ihm und sagte: »Komm, wir müssen nach Bianca und Franz sehen.« Schnell flogen sie zum Haus von Franz. Sie traten ein. Franz, Bianca und Petra saßen am Tisch. Peter sah Lisa an und fragte: »Wie ist es denn möglich, dass sich die beiden wieder so gut verstehen?« Lisa erwiderte: »Das wirst du gleich sehen.«

*

Im selben Moment zuckte Lisa zusammen. Sie sah Peter an und rief: »Ich muss schnell weg, Marianne ist in Gefahr.« Peter fragte: »Soll ich mitkommen? Brauchst du meine Hilfe?« Lisa sprach: »Nein, ich melde mich bei dir. Ich liebe dich.« Schnell gab sie ihm einen Kuss und flog davon. Peter atmete tief durch und ging dann nach Hause.

Schnell flog Lisa zu Marianne. Vor ihrem Haus landete sie. Marianne mähte gerade den Rasen. Sie blies, und das Wasser lief ihr übers Gesicht. Lisa fand es ganz amüsant, ihr bei der Arbeit zuzusehen. Doch sie spürte die nahende Gefahr. Deshalb trat sie näher und hielt sich bereit. Plötzlich stieg Rauch aus dem Motor des Rasenmähers auf. Marianne begann zu husten. Da schlugen ihr auch schon die Flammen entgegen. Sie wurde kreidebleich im Gesicht und fiel in Ohnmacht. Genau in die Flammen. Schnell eilte Lisa hin, packte sie und rief: »Keine Angst, Marianne. Ich helfe dir und nun wird alles gut.« Zog sie zur Seite, deckte sie zu und löschte das Feuer. Marianne schlug kurz danach die Augen auf. Sie sah sich ängstlich um und fragte: »Wo bin ich? Was ist denn geschehen?« Lisa strich ihr übers Haar und sagte: »Liebste Freundin, du bist bei mir. Fürchte dich nicht, ich helfe dir.« Lisa stand auf und ging ins Haus. Zurückgekommen wusch sie Mariannes Gesicht mit einem Waschlappen ab. Sie lächelte Marianne an und sagte: »Nun bist du wieder hübsch. Komm, ich bringe dich ins Haus.« Behutsam trug sie Marianne ins Haus. Dort legte sie Marianne auf ihr Bett. Sie flüsterte: »Nun schlaf ein wenig, ich halte Wache.« Lisa setzte sich neben Marianne aufs Bett, hielt ihre Hand und sah sie an. Mariannes Atem ging sehr schwer. Lisa dachte: Ich muss ihr die Schmerzen nehmen, sonst stirbt sie. Sanft fuhr sie ihr über die Stirn. Dann fragte sie Marianne: »Wie geht es dir nun?« Sie erwiderte leise: »Sehr gut auf einmal.« Dann schlief sie ruhig ein, und ihr Atem war völlig normal.

Lisa stand auf. Sie ging ins Badezimmer. Dort zog sie sich um und schloss die Augen. Schnell flog sie zurück zu Peter. Er saß alleine im Zimmer. Sie schlich sich an, gab ihm einen Schubs und sagte: »Hallo, mein Schatz, nun machen wir es uns gemütlich.« Sie nahm auf der Couch neben Peter Platz. Peter fragte: »Hast du auch Hunger?« Lisa erwiderte: »Nein, im Moment nicht. Aber bring mir bitte ein Bier.« Peter küsste Lisa auf die Wange. Dann begab er sich in die Küche. Mit den Getränken in der Hand kehrte er zu Lisa zurück und nahm Platz. Er fragte: »Na, wie geht es dir? Und wie geht es Marianne?« »Ihr geht es gut. Sie schläft gerade«, sagte Lisa. »Bist du müde?« Lisa wusste natürlich genau, warum Peter diese

Frage stellte. Aber sie konnte und durfte nicht mit Peter schlafen im Moment. Sie rutschte auf der Couch hin und her. Ihr Po tat plötzlich wieder weh.

Lisa sah Peter an und rief: »Komm, schnell, wir müssen zu Franz und Bianca!« Sie nahm Peter an die Hand, und zusammen flogen sie hin. Nachdem sie vor der Haustüre gelandet waren, klingelten sie. Franz öffnete. Er sagte: »Schnell, helft Bianca.« Lisa rannte ins Zimmer und kniete sich neben Bianca hin. Sie lag völlig regungslos am Boden. Lisa versuchte ihren Puls zu fühlen. Doch dieser war kaum zu ertasten. Sie sah zum Himmel und sprach: »Hallo Petra, bitte komm schnell. Dein Schützling ist in Gefahr.« In derselben Sekunde stand Petra neben ihr. Aufgeregt fragte sie: »Was ist denn geschehen?« Lisa rief: »Schnell, hilf ihr, sonst stirbt sie uns unter den Händen weg!« Petra trat näher. Sie sprach leise ein paar Worte. Dann nahm sie Bianca auf die Arme und trug sie nach draußen. Frank und Peter sahen sich verwundert an. Peter zuckte nur mit den Schultern.

Nach einigen Minuten kam Lisa zurück. Frank sah sie sorgenvoll an und fragte: »Was ist denn los mit Bianca?« »Alles in Ordnung, Petra ist nun bei ihr. Es geht ihr wieder gut.« Frank verließ schnell das Zimmer und ging nach draußen. Peter ging zu Lisa und nahm sie in den Arm. Dabei berührte er ihren Po. Lisa zuckte zusammen und sagte: »Nicht, mein Schatz, das tut weh.« Peter sah Lisa an und sagte: »Warum tut das weh? Es war doch sehr zärtlich.« Lisa sah Peter an und begann zu weinen. Peter nahm Lisa in den Arm und sagte: »Hab doch

Vertrauen, und sag mir, was geschehen ist.« Lisa nahm Peter an die Hand. Zusammen gingen sie ins Nebenzimmer. Sie zog ihre Hose und Slip aus. Dann zeigte sie Peter ihren Po. Dieser war von sechs roten Striemen gekennzeichnet. Peter erschrak und fragte: »Wer hat dir das angetan? Sag es mir, mein Schatz. Und aus welchem Grund?« »Der Hohe Herr. Ich verstieß gegen ein Gesetz, und das war die Strafe dafür. Hätte ich diese nicht angenommen, hätten wir uns nie wieder gesehen«, sagte Lisa. Peter wurde sehr traurig. Denn ihm wurde klar, dass Lisa diese Strafe wegen ihm bekommen hatte. Er nahm sie an die Hand und führte sie zum Bett. Dort zogen sich beide aus und legten sich hin.

*

Petra sah Franz an. Dann sagte sie: »Bianca schläft nun. Sie war am Ende ihrer Kräfte.« Franz fragte: »Was ist denn nur mit Bianca geschehen?« »Nun ja, ich bin sicher, sie ist sehr krank.Irgendetwas stimmt nicht, da bin ich mir sicher.« Dabei sah sie Franz ganz tief in die Augen. Er wurde sehr nervös und unruhig. Petra trat näher zu Franz hin. Sie nahm seine Hand und sagte: »Hab keine Angst vor deinen Gefühlen.Ich bin dein Schutzengel und kenne sie. Außerdem kann ich sie auch beeinflussen.« Franz erschrak und erwiderte voller Sorge: »Ist das wahr, du kannst meine Gedanken und Gefühle beeinflussen?« Petra nickte und erwiderte: »Ja, mein Lieber, diese Macht besitze ich. Aber ich wende sie nicht an, das wäre mein sicherer Tod.« Franz wurde noch unruhiger nach diesen Worten. Sanft legte Petra Franz aufs

Bett. Dann setzte sie sich neben ihn und sah ihm in die Augen. Sie sprach: »Lieber Franz, viel hörten wir in unserem Reich von der Freiheit in eurer Liebe. Aber nie lernte ich sie in dieser Art kennen. Willst du sie mir zeigen?« Dabei sah sie ihn mit sehnsüchtigen Augen an. Franz sah Petra mit erstaunten Augen an. Dann sagte er: »Es gibt da ein Problem. Ich liebe dich seit dem ersten Augenblick, an dem wir uns sahen. Aber würden wir uns lieben, so würde mich Bianca verlassen. Es wäre Betrug, und ich würde ihr sehr wehtun damit.« Petra hörte die Worte. Sie dachte: Es muss einen Weg geben, um die Liebe zu erleben und zu spüren. Es muss herrlich sein. Franz fragte: »Was ist los? Habe ich dich nun beleidigt?« Im selben Moment fiel es Petra wie Schuppen von den Augen. Sie dachte: Ja, das ist die Lösung, so kann ich die Liebe erleben. Sie sah zum Himmel und sprach leise ein paar Worte.

*

Lisa legte sich auf den Bauch. Peter rutschte näher. Sie versteckte ihr Gesicht im Kissen. Er sah sie an. Dann fragte er: »Darf ich mal deinen Po sehen?« Lisa nickte und schlug die Bettdecke zurück. Peter berührte ganz sanft Lisas Po. Er war gezeichnet von sechs roten und blauen Striemen. Er fuhr mit seinen Fingern den Striemen entlang. Dann sagte er: »Das muss doch wehgetan haben.« Lisa nickte und drehte sich zu ihm hin. Sie sagte: »Ja, da hast du Recht. Es tut schon sehr weh, sechs Hiebe mit einem Stock auf den nackten Po zu bekommen. Aber unsere Liebe war es mir wert.«

Peter stand auf und ging ins Badezimmer. Mit einer Hautcreme in der Hand kehrte er zurück. Er sagte: »Mein Schatz, dreh dich um und lass mich deine Wunden eincremen.« Er legte sich neben Lisa aufs Bett. Sie drehte sich auf den Bauch und entspannte sich. Peter cremte sanft Lisas Po ein. Dabei sprach er: »Welch einen schönen Körper du hast. Ich liebe dich.« Lisa drehte sich zu Peter hin und sagte: »Wundert es dich, ich bin ja auch ein Engel.« »Ja und mein persönlicher noch dazu. Ganz für mich alleine«, stellte Peter fest. Lisa erhob sich, zog Peter am Ohr und flüsterte: »Und du bist mein kleiner Spitzbube.« Sie sahen sich in die Augen. Und es bedurfte keiner Worte mehr. Lisa legte ihre Arme um Peters Hals. Dann trafen sich die Lippen der beiden zu einem innigen Kuss. Als sie sich gelöst hatte, sprach Lisa: »Ich muss jetzt schlafen, denn ich bin sehr müde. Sei mir bitte nicht böse. Die letzten Tage waren sehr anstrengend.« Trotz seiner Enttäuschung gab Peter nach. Denn er liebte Lisa auch ohne Sex. Voller Liebe sah er Lisa an und sprach: »Komm, leg dich in meinen Arm, ich beschütze dich.« Lisa sah Peter an und erwiderte: »Ich bin zwar dein Schutzengel, aber es freut mich, dass du mich mal beschützt.« Zufrieden schliefen beide ein.

Plötzlich schreckte Lisa hoch. Sie weckte Peter, dann sagte sie: »Schnell, wir müssen los. Es gibt Arbeit!« Peter schreckte hoch und erwiderte: »Geht es um Leben und Tod?« »Ja, es ist höchste Eisenbahn!«, rief Lisa. Beide zogen sich an, rannten zu Peters Wagen und brausten los. Lisa rief voller Panik: »Bitte fahr zum See! Eine blinde Frau ist in Gefahr!« Peter beschleunigte den Wagen.

Kaum am See angekommen sprang Lisa aus dem Wagen. Während sie auf den Steg zulief, rief sie: »Komm schnell, mein Schatz, ich brauche deine Hilfe.« Peter folgte Lisa voller Aufregung. Beide erreichten den Steg. Dort fanden sie eine junge Frau vor. Sie stand am Rande des Stegs. Voller Angst sah sie sich um. Lisa rief: »Schnell, Peter, fass sie! Sie springt sonst!« Peter rannte hin und fasste die Frau am Arm. Mit einem festen Ruck zog er sie zurück. Lisa stürzte herbei. Die Frau lag am Boden. Lisa beugte sich über die Frau. Dann sagte sie: »Das arme Kind. So alleine. Es tut mir Leid.« Peter fragte: »Wieso Kind?« »Na dann sieh doch mal her«, sagte Lisa. Peter sah zum Steg. Und in der Tat lag da ein kleines Mädchen. Mit schwarzen Haaren sowie braunen Augen. Peter ahnte, was Lisa im Schilde führte. Er beobachtete Lisa, die sich rührend um die Kleine kümmerte. Sie streichelte ihr über Haare und Wangen. Genauso wärmte sie die Kleine mit ihrem Körper. Peter fragte: »Wie heißt denn die Kleine?« Lisa sah Peter an und erwiderte: »Susanne, ist sie nicht niedlich?« Peter kniete neben Lisa nieder und flüsterte: »Ja, sehr süß. Ein kleines Engelchen.« Peter sah Lisas strahlende Augen. Sie nickte, sah die Kleine an und hielt dabei Peters Hand. Er sagte: »Komm, wir gehen heim. Die Kleine friert ja. Sie braucht warme und trockene Kleidung. Auch etwas zu Essen.« Lisa nahm Susanne auf den Arm, und zusammen gingen sie Hand in Hand nach Hause.

*

Petra legte ihren Arm um Franz. Sie fragte: »Was wird denn nun aus uns?« »Wenn du mir versprichst, dass Bianca nichts erfährt, zeige ich dir, was bei uns Liebe bedeutet.« Petra flüsterte: »Niemand wird unser Geheimnis erfahren. Nicht einmal du wirst dich daran erinnern, außer du bittest mich darum.« Franz sprach: »Dann lass uns beginnen.« Er gab Petra einen Kuss. Dabei spielte er mit ihrer Zunge. Sie flüsterte: »Oh, das schmeckt aber gut. Könnte ich noch einen bekommen? Was ist das?« Franz sah Petra verwundert an und erwiderte: »Das ist ein Kuss. Ein Zeichen für die innige Liebe zu einem Menschen. Das machen bei uns Verliebte.« Petra fragte: »Kann ich jetzt noch einen bekommen?« »Gerne, es macht mir Freude«, sagte Franz. Dabei sah er sie mit einem erotischen Blick an. Zusammen gingen sie zum Bett. Franz sah Petra an, nahm sie in den Arm und küsste sie leidenschaftlich.Gleichzeitig glitten sie aufs Bett. Sie lag neben Franz auf dem Bett und atmete tief und schnell. Franz zog ihr die Hose sowie den Slip aus. Dann streichelte er sanft ihren Po. Sie stöhnte leise: »Oh, ist das schön, besonders wenn man es nie kannte.« Dann schliefen sie intensiv miteinander. Petra stöhnte aus vollem Hals. Sie ritt immer schneller auf Franz. Da spürte sie ein intensives Kribbeln in ihrem Schoß und Bauch. Sie rief: »Oh Gott, was ist denn das? Es fühlt sich an wie ein Sturm.« Sie schrie laut auf, voller Erschöpfung sank sie auf Franz nieder. Franz sagte: »Das war ein Orgasmus. Den bekommt man immer beim Sex.«

Petra grinste und sagte: »Das muss ja schön sein. Ihr seid zu beneiden, wir Engel kennen das nicht, außer wir sind mit Menschen zusammen.« Plötzlich kehrte Bianca ins Haus zurück. Franz schrak hoch und sagte: »Um Gottes

Willen, was machen wir jetzt? Bianca darf uns nicht so vorfinden.« »Du hast Recht.« Schnell sprang sie auf. Zog ihre Kleider an und sagte: »Bitte leg dich wieder hin.« Franz legte sich aufs Bett. Petra hielt die Zeit an. Sie verwischte alle Spuren. Danach fuhr sie Franz sanft über Gesicht, Stirn und Herz. Er fragte: »Was bedeutet das?« »Lieber Franz, wenn du nun aufwachst, wirst du dich an nichts mehr erinnern«, sagte sie. Franz erwachte durch ein Klingeln an der Türe. Franz erhob sich und öffnete. Draußen stand Bianca. Sie sagte: »Hallo Franz, wie geht es dir?« Er sprach: »Komm doch rein. Mir geht es gut, warum fragst du?« Bianca trat ein und erwiderte: »In letzter Zeit habe ich dir viel Leid zugefügt, deshalb kam ich, um Frieden zu schließen sowie einen Neuanfang zu machen.«

Franz erhob sich, nahm Bianca an die Hand und sagte: »Lass uns die Vergangenheit und die Geschehnisse vergessen und begraben. Wir beide gehen einer blendenden Zukunft entgegen.« Danach nahmen sie sich in den Arm und küssten sich innig.

Petra sah vom Himmel aus zu und sagte zu sich: »Na also, wer sagt's denn. Und macht's gut, meine Lieben.«

An einem sonnigen Sonntagmorgen saßen Franz und Bianca zusammen am Tisch und tranken Kaffee. Bianca seufzte und sprach: »Wie schön die Ruhe am frühen Morgen. Und dazu Sonnenschein. Was will man mehr?« Franz sah sie an und antwortete: »Ja, da hast du Recht. Aber wollen wir nicht einen kleinen Ausflug machen bei dem schönen Wetter?« Bianca erwiderte: »Gerne, wir könnten mal in den Zoo gehen. Dann kannst du gleich mal deine Artgenossen besuchen.« Sie lächelte verschmitzt und sah auf ihren Teller.

Franz ließ sich nichts anmerken. »Ja gut. Dann lass uns nach dem Frühstück gleich losgehen«, sagte er kleinlaut. Dabei würdigte er Sandra keines Blickes. Das bekam sie spitz und fragte: »Sind der gnädige Herr jetzt etwa beleidigt?« »Nein, aber lass uns los, sonst wird die Zeit zu kurz«, sagte er ohne Ton. Minuten später saßen sie im Auto und befanden sich auf dem Weg zum Zoo. Dort angekommen reihten sie sich in die Besucherschlange ein. Kurz darauf betraten sie den Zoo. Vorbei an Affen, Schlangen sowie Bären erreichten sie Hand in Hand das Raubtiergehege. Bianca sagte: »Warte hier auf mich. Ich kaufe schnell eine Tüte mit Futter.« Zurück beobachtete Bianca gebannt von ihrem majestätischen Aussehen die Löwen und Tiger. Sie flüsterte: »Sieh mal, Franz, welch herrliche Tiere.« Franz erwiderte: »Ja, das ist schon beeindruckend.« Auf leisen Pfoten durchschritten sie den Käfig. Bianca ging wie von einem Magneten gezogen immer näher auf den Käfig zu. Franz war in Sorge. Er rief: »Pass auf, das sind keine Kuscheltiere! Geh nicht zu nahe hin!« Bianca drehte sich froh gelaunt zu Franz hin und erwiderte: »Nur keine Sorge, die fressen mich schon nicht, ich bin ungenießbar.« Bianca nahm eine Hand voll Futter und streckte sie den Tieren entgegen. Ihre Hand reichte dabei weit in den Käfig hinein. Franz sah das und erschrak sehr.

*

Lisa rief plötzlich: »Peter, komm schnell, wir müssen zum Zoo! Bianca ist in Gefahr und braucht meine Hilfe!« Sofort stellte Peter die Tasse ab und sagte: »Ist es eilig? Und was wird aus der Kleinen?« Lisa erwiderte: »Sorg dich nicht um Susanne. Es wird ihr nichts geschehen während unserer Abwesenheit. Dafür ist Sorge getragen. Aber jetzt schnell, sonst kommen wir zu spät.« Lisa zwinkerte mit den Augen, und schon standen sie am Eingang des Zoos. Peter fragte: »Wo müssen wir denn hin?« »Zum Raubtierkäfig, schnell!«, rief sie. In schnellen Schritten rannten sie auf den Käfig zu. Plötzlich war Lisa verschwunden. Er rief: »Lisa, wo bist du?« Keine Antwort. Außer Atem erreichte er den Käfig. Da stockte ihm vor Angst und Erstaunen der Atem. Lisa stand inmitten des Käfigs, von Löwen und Tigern umgeben. Bianca stand außen am Gitter und reichte ihre Hand ausgestreckt in den Käfig. Vor ihr ein Tiger, der gerade zubeißen wollte. Ihre Hand befand sich schon im Maul des Tigers. Aber alle Figuren sowie Tiere waren erstarrt. Franz stand wie versteinert daneben.

Plötzlich bewegten sich die Bilder wieder. Franz flüsterte: »Bianca, pass auf. Zieh langsam deine Hand zurück, bevor der Tiger zubeißt.« Dann sprach Lisa: »Bianca, gib ihm dein Futter, er wird dir nichts tun.« Bianca öffnete ihre Hand. Der Tiger schleckte langsam und genüsslich das Futter aus ihrer Hand. Bianca sagte: »Seine Zunge kitzelt an meiner Hand, aber es ist sehr schön. Schau, er ist ganz zahm.« Nachdem er das Futter aus der Hand geschleckt hatte, streichelte Bianca ihn hinterm Ohr. Dann legte er seinen Kopf in ihren Arm. Nun flüsterte ihm Lisa ein paar Worte ins Ohr. Und schon folgte er ihr zum anderen Ende des Käfigs und legte sich hin. Aufmerksam lauschte er Lisas Worten. Franz wurde ganz bleich im Gesicht. Er sagte: »Nun muss ich mich erst einmal setzen.« Ging zu einer Bank und nahm Platz. Gleich darauf kamen auch Bianca, Peter und Lisa dazu. Sie nahmen neben Franz Platz. Peter atmete tief durch und sagte: »Das war knapp.« Franz konnte ihm nur nickend zustimmen. Die beiden Frauen sahen sich an und lächelten. Bianca sagte: »Bei uns wird es nie langweilig. Immer was los.« Lisa sagte mit warnenden Worten: »Aber tu das nie wieder! Denn ich weiß nicht, ob ich das nächste Mal wieder so schnell zur Stelle sein kann, um dir zu helfen.« »Ja, das verspreche ich dir«, sagte Bianca.

Plötzlich hörten sie eine Stimme. Ein junger Mann mit einer Kamera in der Hand stand neben den Vieren. »Das war ja superklasse!«, rief er. »So etwas sah ich noch nie in meinem Leben«, fügte er voller Erstaunen hinzu. Sie drehten sich zu dem Mann hin, und Lisa sagte: »Nun, es geschehen doch immer wieder Wunder. Und ein Schutzengel ist sehr wichtig für die Menschen hier auf der Erde.« Peter gab ihr einen Schubs und sagte: »Besonders wenn er bei der Person lebt, ist es sehr aufregend.« Der junge Mann sprach: »Mein Name ist Günter May. Ich bin bei der hiesigen Zeitung angestellt und würde gerne über dieses Ereignis einen Artikel schreiben. Aber dazu bräuchte ich Ihre Genehmigung und einige Interviews.« Lisa sah Peter an und fragte: »Kann ich dich mal kurz sprechen?« Peter nickte, und sie gingen ein Stück beiseite. Peter fragte: »Was ist denn los?« Lisa sah ihn an und sagte: »Bei diesem Artikel darf ich nicht in Erscheinung treten. Das würde Konsequenzen für mich haben. Wir könnten uns nie wieder sehen. Der Hohe Herr würde mich abberufen und sehr streng bestrafen.«

Peter wurde sofort klar, was Lisa meinte. In Gedanken sah er noch die Auswirkungen der letzten Bestrafung vor Augen. Dann sagte er leise: »Alles tue ich dafür, dass so etwas nie wieder geschieht.« Er ging zu Bianca hin und sagte: »Lisa möchte kurz mit dir reden.« Bianca trat neben Lisa und fragte: »Was ist denn passiert? Warum möchtest du mit mir reden?« Lisa erwiderte: »Du wirst mir kaum glauben, was ich dir jetzt sagen muss.« »Aber was hast du denn?«, fragte Bianca. Lisa sagte: »Weißt du, dass dir nichts passiert ist, das war kein Zufall. Ich bin ein Schutzengel und bewahrte dich vor Schaden, dadurch, dass ich rechtzeitig zur Stelle war.« Bianca schluckte kurz. Dann sagte sie: »Das heißt also, wenn du nicht hier gewesen wärest, dann hätte mich das Tier gebissen. Und ich hätte meine Hand verloren.« Lisa nickte zustimmend. Plötzlich wurde Bianca kreidebleich und fiel in Ohnmacht. Lisa flüsterte: »Ach du lieber Gott.« Sie kniete neben Bianca nieder und strich ihr über die

Wangen. Da schlug sie die Augen wieder auf und sah Lisa an.

Bianca fragte: »Was ist denn passiert? Wo bin ich denn?« Lisa lächelte sie an und sprach: »Du bist in Sicherheit, dir kann nichts geschehen.« Bianca erschrak und fragte: »Bin ich schon gestorben?« Lisa lächelte, dann erwiderte sie: »Nein, das bist du nicht. Noch brauchen wir dich hier.« Lisa half ihr auf. Dann fragte sie: »Wollen wir zusammen einen Kaffee trinken draußen im Lokal?« Bianca nickte, und zusammen betraten sie einige Minuten später das Lokal. Sie nahmen Platz, und Lisa fragte: »Was wollen wir trinken?« Bianca lächelte und sprach: »Ein Glas Sekt wäre jetzt gut.« Sie winkte die Bedienung herbei. Eine junge Frau kam an den Tisch und sagte: »Hallo die Damen. Was darf ich euch bringen?« »Eine Flasche Sekt bitte, wir haben etwas zu feiern. Und schön kalt.« »Ja gerne«, erwiderte die Bedienung und machte sich auf den Weg. Lisa sah Bianca an und sagte: »Es freut mich sehr, dass alles so gut gegangen ist.« »Ich kann das alles noch gar nicht glauben. Wenn ich mir vorstelle, dass ich dir mein Leben verdanke, ist das sehr beschämend für mich«, flüsterte Bianca. »Glaub es nur«, sagte Lisa. »Denn ich bin ein Schutzengel«, fügte sie hinzu.

Bianca fragte: »Wie lebt man eigentlich als Engel?« Lisa erwiderte: »Nun, ich starb vor zweiundfünfzig Jahren. Und musste mir dieses hart verdienen, als Engel auf die Erde zurückzukommen. Viele Tests waren notwendig. Aber über meinen Erfolg freue ich mich sehr. Und nun bin ich ein Engel.« Bianca lauschte aufmerksam Biancas

Ausführungen. Dann nahm sie einen Schluck und fragte: »Wo lebst du eigentlich, wenn du keiner Mission nachgehst?« »Im Himmel, da besitze ich ein eigenes Schloss, mit vielen Zimmern und Bediensteten«, berichtete Lisa. Bianca sagte: »Schau, ich war immer arm. Nie besaß ich viele Spielsachen, wie die anderen Kinder. Deshalb war ich als Kind auch viel alleine. Habe viele Wünsche nicht erfüllt bekommen.« Dabei sah sie Lisa traurig an. Das erweckte ihr Mitleid, und sie fragte: »Was wäre dein größter Wunsch? Sag ihn mir, und er wird erfüllt.« Bianca erwiderte voller Erwartung: »Gerne würde ich mal deine Welt sehen. Aber das ist bestimmt unmöglich.«

Lisa überlegte kurz. Dann sagte sie: »Warum denn nicht? Wenn es dein größter Wunsch ist und du dann glücklich bist, dann erfülle ich ihn dir.« Bianca sah Lisa mit großen Augen an und fragte: »Geht das wirklich? Das wäre schön.« »Aber die werden uns bestimmt suchen«, sagte Bianca. »Nein, ich halt die Zeit an, niemand wird etwas merken, das verspreche ich dir«, sagte Lisa.

Die beiden standen auf. Lisa schnippte mit den Fingern und sie gingen nach draußen. Da stand eine schöne weiße Kutsche, wie im Märchen. Lisa sagte: »Bitte steig ein. Dann fahren wir los.« Sie stiegen ein. Und schon führte sie der Weg steil nach oben. Vorbei an Türmen, Gewitter und dunklen Wolken. Da plötzlich erstrahlte ein helles Licht, und leise Musik erklang. Bianca fragte: »Wo sind wir nun?« »Im Paradies«, erwiderte Lisa. Mit einem Ruck blieb die Kutsche stehen. »Komm, wir müssen aussteigen«, sagte Lisa und verließ die Kutsche. Nun standen beide auf einer Wolke und Lisa sprach: »Wir müssen nach rechts gehen.« »Aber da ist doch gar kein Weg«, erwiderte Bianca ängstlich. Da nahm sie Lisa an die Hand, und zusammen gingen sie ihres Weges.

Nach einer Weile erblickten sie ein großes Schloss. Sie traten näher heran. Lisa zog einen Schlüssel aus der Tasche und schloss auf. Sie sagte: »Bitte tritt ein.« Bianca trat ein. Der Raum war erfüllt mit leiser Musik sowie stilvollen Möbeln. Alles glänzte und spiegelte. Lisa führte sie in ein großes Zimmer. Nur ein großes Fenster befand sich dort. Bianca fragte: »Wo befinden wir uns hier?« Lisa erwiderte: »Hier warten die Neuen, bevor sie der Herr aufnimmt und dann mir zuteilt. Ich lerne sie hier ein, beschütze sie, bis sie zur Erde gehen und andere beschützen.« Bianca sah Lisa an und sagte: »Das alles kann ich gar nicht glauben. Aber hier im Raum befinden sich doch gar keine Möbel. Wie lebt ihr denn hier?« Lisa begab sich zu einer Ecke und strich mit den Händen über eine Wand. Plötzlich befanden sich neue wertvolle Möbel im Raum. Sowie ein gedeckter Tisch. Lisa machte eine Handbewegung und sagte: »Nimm bitte Platz, es ist angerichtet.« Sie nahmen Platz und begannen mit der Mahlzeit. Da fragte Bianca: »Wo ist denn der Platz, an dem sich die Verstorbenen aufhalten?« Lisa sah sie an und fragte: »Willst du ihn wirklich sehen?« Bianca erwiderte: »Ja, gerne. Aber warum fragst du?« Lisa erwiderte: »Dann kannst du nicht mehr zur Erde zurück. Nur noch als Engel.« Bianca sagte: »Wenn ich bei dir bleiben darf, nehme ich alles auf mich.«

Lisa sah Bianca an, und sagte: »Bist du dir wirklich im Klaren, was das bedeutet? Du wirst Franz eine lange Zeit nicht wiedersehen können«, sagte Lisa. »Auch nicht dann als Engel?«, fragte Bianca. Lisa sagte: »Doch, dann schon. Wenn du alle Prüfungen bestehst, dann senden wir dich als Engel wieder zur Erde zurück.« Bianca sagte: »Ich bewundere dich seit unserem ersten Zusammentreffen. Und ich möchte so werden wie du.« Lisa sagte: »Na dann los, es wird Zeit für dich.« Sie strich Bianca sanft über die Stirn und sie versank sanft in den Schlaf des Todes.

Als sie erwachte, lag sie in einem dunklen Raum. Kein Fenster, nur ein schwacher Lichtschein durchbrach das Dunkel. Sie sah sich um. Da erkannte sie eine Gestalt in der Ecke. Bianca erhob sich und fragte: »Wer ist da?« Plötzlich bewegte sich die Gestalt auf Bianca zu. Nochmals fragte sie ängstlich: »Wer bist du? Und was kann ich für dich tun?« Die Person trat näher. Sie fragte mit ernster Stimme: »Kennst du mich nicht mehr?« Bianca lief ein kalter Schauer den Rücken runter. Sie sah genau hin, dann fragte sie: »Oma, bist du das?« Sie sagte: »Ja, ich bin es, aber bevor du mich berühren kannst, beantworte mir bitte eine Frage.« »Gerne, welche denn?«, fragte Bianca. Die Oma fragte: »Wann besuchtest du das letzte Mal mein Grab?« Bianca wurde es ganz mulmig, denn sie wusste, einerseits war sie lange nicht da gewesen, andererseits durfte sie nicht lügen. Sie sah beschämt zu Boden. Dann traten ihr die Tränen in die Augen. Sie sagte leise: »Schon einige Monate nicht. Es tut mir sehr Leid, liebe Oma.« Dann begann sie zu weinen. Da näherte sich die Person, und plötzlich war sie ganz verschwunden. Bianca sah mit ängstlichen Augen zu der Stelle, an der sich ihre Oma gemeldet hatte. Aber sie konnte niemanden mehr erkennen. Sofort überfiel sie eine tiefe Müdigkeit. Sie legte sich zurück und schlief auch sofort ein.

Lisa und der Hohe Herr betraten den Raum. Er sagte: »Sie schläft nun fest. Den ersten Test, der ihre Ehrlichkeit prüft, hat sie schon bestanden.« Lisa nickte zustimmend und sagte: »Und die anderen zwei besteht sie auch noch.« Dann verließen sie den Raum.

Als Bianca erwachte, sah sie sich vorsichtig um. Noch immer steckte ihr der Schock des Erlebten in den Gliedern. Dann erschrak sie, denn sie fand sich inmitten eines Waldes wieder. Sie rief: »Hallo, ist hier jemand?« Keine Antwort. Dann ging sie den Weg entlang, dieser gesäumt von Bäumen und Sträuchern. An einer Biegung traf sie auf einen Hund. Sie beugte sich zu ihm hin und sagte: »Na, bist du auch alleine hier?« Dabei streichelte sie ihm über den Kopf. Der Hund sah sie an und sagte: »Ja, ich bin so alleine wie du.« Bianca sprach verwundert: »Du kannst ja sprechen und ich dich sogar verstehen.« Dann nahm sie den Hund an die Leine und zusammen gingen sie den Weg entlang. Nach einer Biegung hörten sie ein lautes Rufen. Ein Mann brauchte Hilfe. Bianca sah den Hund an und sagte: »Komm schnell, wir müssen helfen.« Am See angekommen erblickten sie einen jungen Mann im Wasser. Er rang um sein Leben. Voller Angst und Verzweiflung rief er ihr zu: »Bitte hilf mir, ich kann nicht schwimmen! Ich ertrinke!« In derselben Sekunde zog Bianca ihre Kleider aus und stürzte sich in die Fluten. Sie schwamm auf den Mann zu. Plötzlich tauchte ein Hai auf. Noch war Zeit, das Wasser wieder zu verlassen. Voller Schrecken sah sie den Hai, aber auch den Mann, der zu ertrinken drohte. Mit letzter Kraft und all ihrem Mut schwamm sie auf den Mann zu, fasste ihn am Arm und schwamm in Richtung Ufer. Sie sprach: »Ganz ruhig aufs Wasser legen, ich rette Sie.« Da erschien ein dunkler Schatten unter den beiden. Bianca dachte: Der Hai! Aber das Leben des Mannes war wichtiger.

Sie schwamm schneller und schneller. Immer wieder mit Blick auf den Hai. Dieser verfolgte die beiden. Plötzlich hob er den Kopf aus dem Wasser und öffnete sein großes Maul. Da schrie Bianca: »Lass uns in Ruhe, wir schmecken sowieso nicht gut.« Dabei sah sie dem Hai genau in seine starren Augen. Sie drückte den Mann ganz fest an sich und schützte ihn mit ihrem Körper. Völlig erschöpft erreichten beide das Ufer. Sie legte den Mann hin und setzte sich dazu. Der Mann fragte: »Haben Sie meinen Hund gesehen?« Bianca sagte: »Warte, ich hole ihn. Er sitzt dort hinten an der Biegung.« Schnell lief sie hin, nahm den Hund an die Leine und kehrte zurück. Zufrieden und glücklich setzte sich Bianca nieder.

Lisa sah Bianca von ihrem Stuhl aus zu. Sie hielt ihr die Daumen. Leise sagte sie zu sich: »Du schaffst es.« Dann trat der Hohe Herr an ihre Seite und fragte: »Na Lisa, wie ergeht es deinem Schützling?« Sie erwiderte: »Ganz gut, auch diese Prüfung bestand sie mit Glanz.«

Bianca öffnete die Augen. Voller Angst sah sie sich um. Sie stand ganz allein in einer verlassenen Straße. Die Häuser dunkel und kein Mensch zu sehen. Da kam ein Mann auf sie zu. Er fragte: »Suchen Sie jemanden?« Bianca erwiderte: »Wo bin ich hier?« Er sagte: »Auf deinem letzten Weg. Hier geht es nicht weiter.« Sie sah nach vorne und erblickte eine hohe Wand. Da fragte sie: »Was erwartet mich hinter dieser Wand?« »Das musst du selber herausfinden, ich weiß es nicht«, sagte der Mann. Bianca überlegte und sagte zu sich: »Irgendwie muss ich hier weg, und es scheint nur einen Weg zu geben.« Schnell ging sie auf die Wand zu und kletterte hoch. Halb oben erfasste sie ein starker Wind. Sie krallte sich mit aller Kraft fest. Der Mann rief: »Kehr um, du stürzt ab!« Doch Bianca ließ sich nicht beirren. Mit letzter Kraft erreichte sie die Spitze der Mauer. Doch sie erkannte nur ein dunkles Loch, keine Straße und auch keinen festen Boden.

Voller Angst und auch völlig mit den Kräften am Ende sah sie nach unten. Sie fragte sich voller Panik: »Was soll ich nur tun? Springen? Was dann? Aber es bleibt mir nichts.« Sie sah sich um. Der Mann war spurlos verschwunden. Da mobilisierte sie alle ihre Kräfte und sprang. Während ihres Falles spielte sich ihr gesamtes Leben vor ihren Augen ab. Doch da wurde es ihr schwarz vor den Augen, Zeit und Raum schwanden vor ihren Augen.

Als sie erwachte, lag sie in einem hellen Raum. Weiß gekleidet auf einem Bett von Blumen umgeben. Sie wollte sich erheben, doch es ging nicht. Ihre Glieder wollten ihr nicht gehorchen. Plötzlich stand Lisa neben ihr. Bianca lächelte sie an und fragte: »Wo bin ich?« Lisa fuhr ihr übers Haar und sagte: »Du bist im Himmel bei mir. Nun ist alles gut.« »Bin ich nun ein Engel?«, fragte Bianca. Lisa lächelte und sprach: »Ja, nun bist du ein Engel. Alle Prüfungen hast du mit Bravour bestanden. Ruh dich aus, ich komme gleich wieder.« Lisa ging aus dem Zimmer und Bianca schlief zufrieden ein. Nun hatte sie ihren Frieden gefunden und fühlte sich völlig leicht und erlöst.

Lisa stand an einer Straßenkreuzung. Die Sonne schien, und eine leichte Prise schlich durch die Luft. Alle Menschen um sie herum schienen glücklich und zufrieden. Aber schnell fiel ihr Blick auf eine Frau und einen Mann am Ende der Straße. Beide führten ein lautstarkes Wortgefecht. Am Ende schrie der Mann: »Ach, lass mich doch in Ruhe!« Und lief auch schon davon. Die junge Frau begann zu weinen. Dann lief sie die Straße entlang Richtung Bahnhof. Lisa dachte bei sich: Ach die arme Frau, so traurig an so einem schönen Tag. Sie sah ihr in Gedanken nach. Die Frau betrat eine Imbissbude. Lisa dachte: Das ist eine gute Gelegenheit. Schnell folgte sie ihr und trat ein. Die Frau stand weinend am Ende der Bar und tröstete sich mit einem Schnaps.

Im selben Moment stellte sie sich neben die Frau. Diese wirkte sehr traurig und niedergeschlagen. Aber Lisa fuhr sofort eine Idee in den Kopf. Sie nahm einen Zettel und einen Stift zur Hand. Sie fragte: »Ach können Sie mir den Weg zum Bahnhof zeigen?« Die Frau drehte sich zu Lisa hin und sagte: »Natürlich, ist nicht weit von hier. Schau, du gehst hier die Straße runter, an der Kreuzung links und nach hundert Metern stehst du direkt vor dem Bahnhof.« Lisa nickte. Dann fragte sie: »Willst du mich nicht begleiten? Dann verlaufe ich mich nicht.« Sie erwiderte: »Du bist doch kein kleines Kind mehr. Da findest du doch hin.« Lisa gab nicht nach und sagte: »Du würdest mir eine große Freude machen, würdest du mich begleiten. Ich wäre nicht so alleine und du auch nicht.« Plötzlich zuckte sie zusammen. Sie dachte bei sich: Woher weiß sie denn, dass ich mich einsam fühle? Lisa winkte die Bedienung herbei. Sie sprach: »Ein Bier, bitte.« »Bringe ich dir«, sprach die Bedienung und ging davon. Sie nahm das Glas zur Hand und sprach: »Ich heiße Lisa, wollen wir anstoßen?« »Mein Name lautet Sabine«, sagte die Frau. Die beiden stießen an. Lisa deutete zu einem Tisch in der Ecke und sprach: »Lass es uns dort gemütlich machen.« Sabine nickte, und die beiden nahmen Platz. Lisa fragte: »Du leidest unter Liebeskummer, nicht wahr?« Sabine fragte: »Warum interessiert dich das?« Sie erwiderte: »Weil ich dich sehr gut kenne, deinen Weg verfolge und dir helfen will.« Sabine stellte ihr Glas ab und stammelte: »Das glaube ich alles nicht. Heute sehe ich dich zum ersten Mal. Woher willst du mich kennen?« Lisa sah Sabine an, plötzlich begannen ihre Augen zu glühen. Sabine erschrak und trat einen Schritt zurück. Dann sprach Lisa mit fremder Stimme: »Ich bin dein Schutzengel und kenne deine Sorgen genau.«

Sabine sah aufgeregt und ängstlich umher. Dann schüttelte sie verstört den Kopf. Lisa bemerkte ihre Angst und erwiderte: »Fürchte dich nicht, ich bin hier, um dir zu helfen.« Mit angsterfüllter Stimme sagte Sabine: »Was habe ich denn nur angestellt?« »Nichts, aber du sehnst dich nach jemandem, den du über alles liebst. Und der im Streit von dir ging.« Dabei sah sie Sabine genau in die Augen. Sabine fragte: »Woher weißt du das alles?« »Ich bin dein Schutzengel, glaube und vertraue mir. Ich helfe dir.« Sabine war mit ihren Kräften am Ende und die Gedanken drehten sich im Kreis. Plötzlich kullerten ihr die Tränen übers Gesicht. Lisa sah das und bekam Mitleid mit ihr. Schnell nahm Lisa sie sanft in den Arm und flüsterte: »Bitte nicht weinen. Deine schönen Augen sollen nicht traurig sein.« Sie nahm ein Tuch aus der Tasche und wischte ihr ihre Tränen aus dem Gesicht. Sogleich streichelte sie ihre Wangen. Sabine genoss die Zärtlichkeiten. Noch nie war jemand so herzlich zu ihr. Lisa nahm sie an die Hand und sagte: »Komm mit mir. Ich helfe dir bei deinem Problem.« Sabine fragte: »Wie willst du das anstellen?« Lisa erwiderte: »Nun, das werde ich dir gleich zeigen.« Sabine nickte und folgte ihr ohne Widerstand. Draußen angekommen, flüsterte Lisa ein paar Worte, dabei sah sie zum Himmel. Sabine sah Lisa mit fragendem Blick an. Sogleich fragte sie vorsichtig: »Mit wem hast du eben gesprochen?« »Mit dem Herrn«, sagte Lisa. »Mit dem Herrn im Himmel?«, fragte Sabine vorsichtig. »Ja, wie du gesehen hast«, gab Lisa als Antwort.

Ohne ein weiteres Wort nahm Lisa Sabine an die Hand, und sie flogen davon. Sabine drückte sich ganz fest an Lisas Körper. Sie rief voller Angst: »Halt mich fest, sonst falle ich! Meine Kraft geht zu Ende!« Lisa erwiderte: »Keine Angst, du bist bei mir in Sicherheit.« Kurz darauf landeten sie auf einer grünen Wiese. Sabine sah Lisa mit fragenden Augen an. Sie fragte leise: »Wo sind wir hier?« Lisa sah Sabine an und sagte: »Wir sind hier im Paradies.« Sabine fragte vorsichtig: »Und was tun wir hier?« Lisa antwortete: »Komm mit, ich zeige dir etwas.« Beide gingen den Weg entlang. An einem Stein blieben sie stehen. Lisa sagte: »Nun sieh mal da runter.« Die Wolken öffneten sich, und Sabine erblickte Horst. Sabines Augen begannen zu glänzen, ein leichtes Lächeln huschte über ihr Gesicht. Lisa wunderte sich nicht, denn sie wusste, Sabine war in Horst verliebt.

Dann fragte sie: »Kennst du diesen jungen Mann?« Sabine nickte, sah Lisa mit verträumten Augen an und sagte: »Ja, das ist Horst, meine große Liebe.« Dabei schien sie in einer anderen Welt zu sein.

Lisa nahm Sabine an die Hand und sprach: »Lass uns nun gehen. Du musst dir eine List ausdenken, um diesen jungen Mann zu fangen. Und setz dabei deine weiblichen Reize ein.« Zusammen schritten sie den Weg zurück. Plötzlich befand sich Sabine wieder alleine an der Straßenkreuzung. Lisa war spurlos verschwunden. Sabine sah sich um und fragte leise: »Lisa, wo bist du?« Keine Antwort. Die vorübergehenden Passanten sahen sie schon seltsam an. Sabine dachte bei sich: Ich muss vorsichtig sein, sonst halten mich alle hier für verrückt. In Gedanken lief sie die Straße entlang. Noch immer erschienen ihr die Erlebnisse der letzten Stunden wie ein Traum. Aber sie dachte bei sich: Nun wird alles gut. Nichts kann mir mehr geschehen. Hatte sie ja nun einen Schutzengel an ihrer Seite. Und jetzt auf zur Jagd auf meinen jungen Mann.

Während sie nach Hause lief, schmiedete sie einen Plan. Dort angekommen griff sie sogleich zum Telefon. Sie wählte die Nummer von Horst. Schon ertönte das Freizeichen. Er hob ab und meldete sich: »Ja, hier Horst

Schneider.« Sabines Herz schlug bis zum Hals. Stotternd sagte sie: »Hallo Horst, hier spricht Sabine.« Horst wurde nervös und erwiderte: »Hallo Sabine. Na wie geht es dir?« »Nicht gut. Unser Streit von neulich tut mir Leid. Bitte verzeih mir. Ich möchte mich wieder mit dir versöhnen«, sagte sie leise den Tränen nahe. Ihm wurde warm ums Herz. Dann erwiderte er: »Ich verzeihe dir. Verzeihst du mir auch?« »Ja natürlich und ich freue mich schon auf ein Treffen. Dann können wir uns aussprechen.« Sabine sah sich aufgeregt im Zimmer um. Da erkannte sie Lisa. Sie saß auf einem Stuhl in der Ecke.Winkte ihr zu und sagte: »Prima machst du das. Weiter so.« Sie sah zum Himmel und zwinkerte mit den Augen. Plötzlich wurde es ihr ganz wohlig warm zumute. Sie fragte: »Wollen wir uns morgen Abend sehen?« Horst erwiderte: »Ja gerne, bin um 20:00 Uhr in der Disco. Freue mich, wenn du kommst.« »Ich bin pünktlich da!«, rief sie voller Freude. »Dann bis morgen, freue mich sehr«, sagte Horst. Sabine sagte schnell: »Ich liebe dich.« Bevor Horst etwas erwidern konnte, legte sie schnell auf.

Plötzlich erschien Lisa vor Sabine. Sie lächelte sie aus vollem Herzen an und sprach: »Sehr gut, meine Große. Nun bist du eine Heldin. Bin sehr stolz auf dich. Aber nun lass uns zur Tat schreiten.« Sabine sah Lisa mit fragenden Augen an. Dann erwiderte sie: »Was willst du tun?« Sie antwortete: »Wir werden dich ein wenig hübsch machen für deine Verabredung morgen Abend.«

Schnell schob sie Sabine ins Badezimmer. Lisa sah sie an und sagte: »So, mal sehen, zieh dich aus.« Sabine gehorchte ohne Widerstand. Zog ihre Hose, Bluse sowie den Slip aus. Dann stand sie nackt vor Lisa. Lisa sah sie an und sprach leise: »Welch hübsche Frau du bist.« Dabei fuhr sie sanft mit ihren Fingern an Sabines Figur entlang. Zuerst an ihren Armen, Schultern, Rücken und ihrem kleinen Po. Jetzt strich sie ihr über ihr weiches Haar und die Lippen. Sabine sah dabei zu Boden. Lisa bemerkte das und sagte: »Du brauchst dich nicht vor mir zu schämen. Du bist eine wunderbare Frau und sehr gut gebaut. Und nun stell dich unter die Dusche.« Lisa ging hin und drehte das warme Wasser auf. Nachdem sie die Temperatur geprüft hatte, sagte sie: »Darf ich bitten, Majestät.« Sabine lächelte und trat unter die Dusche. Sabine fragte: »Was geschieht jetzt mit mir?« »Nun, ich wasche dich ab und mache dich hübsch.« Sabine erwiderte: »Aber das geht doch nicht. Du bist doch ein …« Weiter kam sie nicht, denn Lisa hielt ihr den Mund zu. Sie sagte: »Keine falsche Bescheidenheit. Als dein Schutzengel bin ich auch für dein körperliches Wohlergehen verantwortlich. Das ist meine Aufgabe.« Sie kniete vor Sabine nieder. Dann seifte sie sie ein. Erst die Füße, dann die schlanken Beine. Sabine genoss es, so verwöhnt zu werden. Aber trotz allem war es ihr peinlich. Sie sprach: »Bitte steh auf. Lisa, du bist ein Engel des Herrn. Eigentlich müsste ich vor dir knien.« Lisa erhob sich und ging ein paar Schritte zurück. Sie sagte: »Bitte schließ die Augen.«

Sie tat, was Lisa sagte. Plötzlich erfasste ein grelles Licht den Raum. Nachdem das Licht erlosch, öffnete Sabine die Augen. Lisa stand in einem grauen Gewand neben

Sabine. Sabine fragte: »Was ist denn jetzt geschehen?« Lisa sagte: »Nichts. Und nun dreh dich um. Ich seife dich ein und genieße es.« Leise begann Sabine zu stöhnen. Lisa duschte sie ab und wusch ihr noch die Haare. Sie reichte ihr die Hand und sagte: »So, nun komm, ich trockne dich ab. Und föhne dir die Haare. Aber pass auf, dass du nicht fällst.« Sabine verließ vorsichtig die Dusche. Lisa trocknete sie langsam ab. Sabine sagte: »Darf ich dich mal etwas fragen?« Lisa erwiderte: »Ja, frag.« »Was bedeutet dieses Gewand?« Lisa stand auf und erwiderte: »Das ist mein Sünder- und Dienstgewand.« »Wann trägst du das?«, fragte Sabine gespannt. »In der Zeit, in der ich meinen Schützlingen diene. Oder vom Herrn bestraft werde. Wegen Verfehlungen oder Versagen.«

Sabine sah Lisa an und sagte: »Welche Art von Bestrafung?« Und von welchem Herrn sprichst du?« »Mach dir keine Sorgen darüber, denk lieber an das Treffen mit Horst. Sowie den schönen Abend und deine Liebe«, sagte Lisa. Aber Sabine ließ nicht locker, und so sagte Lisa: »Schau, meine Liebe, unterläuft mir während einem meiner Aufträge ein Fehler, so werde ich vom Herrn mit Schlägen bestraft.« Sabine erschrak und sagte: »Wie läuft diese Bestrafung ab? Sind das richtige Schläge oder nur angedeutete?« »Nein, nicht nur angedeutete. Ich bekomme dann sechs Schläge auf meinen nackten Po. Mit einem Stock oder einer Peitsche.« Sabine schossen die Tränen in die Augen. Sie fragte mit erstickter Stimme: »Wurdest du schon mal bestraft?« Lisa antwortete: »Ja, vor einem Jahr wurde ich vom Herrn mit sechs Hieben auf den nackten Po bestraft. Und das mit einem Stock.«

Sabine begann plötzlich zu weinen. »Das tat doch sicher weh«, sagte sie. »Ja, das war nicht schön, die Striemen zieren heute noch meinen Po«, sagte Lisa. Sie drehte sich um und verließ das Badezimmer. Nach einigen Minuten kehrte sie mit Sabines Kleidern zurück. Schnell zog sich Sabine an und sie nahmen im Wohnzimmer Platz.

Sabine sah Lisa mit traurigen Augen an. Lisa fragte: »Was ist denn los? Freu dich doch auf morgen Abend. Dann begegnest du deinem Glück.« Sabine fragte: »Wirst du bestraft, wenn ich mein Glück nicht finde?« »Nein das nicht. Ich bleibe bei dir, bis du glücklich bist«, erwiderte Lisa. Sabine fragte: »Darf ich deine Wunden mal sehen?« »Die sehen nicht schön aus. Das ist kein Anblick für dich«, sagte Lisa. Sabine sah Lisa aber mit einem herzigen Blick an. Da sagte sie: »Na gut, du alter Quälgeist.« Lisa legte sich auf den Bauch. Dann schob sie das Gewand hoch und den Slip herunter. Ihr Po war von sechs Narben gezeichnet. Unter Tränen fuhr sie mit der Hand sanft die Striemen entlang. Dann sagte sie leise: »Wie kann man einem Menschen nur so etwas Schlimmes antun?« Lisa drehte sich zu Sabine hin und strich ihr mit ihrer Hand übers Haar. Sie legte sich auf den Rücken und Sabine legte ihren Kopf an Lisas Brust. Sie spürte genau ihren schnellen Herzschlag. Lisa sah zu Sabine hin. Sie fragte: »Na, mein Schatz, fühlst du dich gut?« Sabine errötete leicht und sagte: »Sei mir nicht böse, aber ich fühle mich bei dir geborgen wie nie in meinem Leben.« Lisa drückte Sabines Körper fest an sich. Sie flüsterte leise: »Das freut mich, dass du dich bei mir geborgen fühlst.« »Warum auch nicht, du bist doch mein Schutzengel«, sagte Sabine mit friedlicher Stimme. Sabine stand kurz auf, zog ihr Kleid aus und kuschelte sich dann wieder an Lisas Körper. Zufrieden schliefen beide ein. Plötzlich stand unsichtbar für Sabine der Hohe Herr neben Lisa. Er sagte: »Guten Abend, Lisa.« Sie öffnete die Augen und erkannte den Herrn. Schnell stand sie auf, kniete nieder und küsste seinen Ring.

Sie sagte andächtig: »Guten Abend, Herr.« Er lächelte sie an und sagte: »Ich bin sehr zufrieden mit deiner Leistung. Sabine macht große Fortschritte. Und sie gewinnt an Selbstvertrauen.« »Vielen Dank, Herr.« »Nun mache ich mich wieder auf den Weg. Und kümmere dich gut um Sabine«, sagte der Herr. Nach diesen Worten war Lisa wieder alleine mit ihr im Raum. Sie legte sich neben Sabine. Diese schlug kurz die Augen auf und sagte: »Ist was passiert?« »Nein, meine Keine, schlaf weiter, ich beschütze dich«, sagte Lisa. Sabine legte ihren Kopf auf Lisas Brust und schlief zufrieden weiter.

Als Sabine am nächsten Morgen erwachte, schlief Lisa noch ruhig und fest. Sie stand auf, deckte Lisa zu und verließ das Wohnzimmer. Sie begab sich ins Badezimmer und danach in die Küche. Sie kochte Kaffee und bereitete das Frühstück zu. Sie sah zur Uhr, noch eineinhalb Stunden Zeit, bis sie zur Arbeit musste. Plötzlich hörte sie Schritte. Lisa durchschritt den Flur ins Badezimmer. Sie duschte, machte sich zurecht, danach betrat sie die Küche. Sie legte ihre Arme um Sabine und sprach: »Guten Morgen, meine Kleine.« Diese drehte sich um und gab ihr einen Kuss auf die Wange. Dann sprach sie durch einen Fingerzeig unterstützt: »Komm, nimm Platz, das Frühstück ist fertig.« Lisa nahm Platz, und sie nahmen zusammen das Frühstück ein.

Nach kurzer Zeit sah Lisa zur Uhr. Dann sagte sie: »Es wird langsam Zeit für dich. Du musst zur Arbeit.« »Ja, du hast Recht, aber woher weißt du? Ach ja, ich vergaß für einen Moment«, sagte Sabine. Schnell machte sie sich fertig. Doch bevor sie die Wohnung verließ, fragte sie: »Bist du fertig, Lisa? Können wir gehen?« Lisa sah Sabine an und fragte: »Du willst, dass ich dich begleite?« »Ja sicher. Wir erleben bestimmt sehr viel Spaß miteinander«, erwiderte Sabine. »Na gut, dann auf in den Kampf!«, rief Lisa. Die beiden verließen die Wohnung und machten sich auf den Weg. Zusammen gingen sie die Straße entlang. Plötzlich blieb Sabine stehen und rief: »Schau Lisa! Wer da neben der Haltestelle steht!« Lisa sagte leise: »Ja, ich weiß, Horst.« »Das war von dir beabsichtigt. Deshalb hast du mich auf diesen Weg geführt. Gib es zu, du Schlingel«, sagte Sabine und zog Lisa am Ohr. Schnell gingen die beiden weiter. Ein paar Schritte, bevor sie Horst erreichten, atmete Sabine tief durch. Dann trat sie vor ihn hin und sagte: »Guten Morgen, Horst, fährst du auch zur Arbeit?« Horst lächelte sie an und erwiderte: »Ja. Und du?« »Ja, ich auch. Darf ich dir …« Sie sah zur Seite, doch Lisa war verschwunden. »Was?«, fragte Horst aufgeregt. »Nun, statt zu fahren, könnten wir doch zu Fuß gehen, zusammen, wenn du willst?«, fragte sie und sah ihn mit einem erwartungsvollen Blick an. Horst nickte und sofort nahm ihn Sabine an die Hand und sie gingen zusammen davon. Lisa verließ ihr Versteck und sah den beiden nach. Sie dachte bei sich: Na, wer sagt's denn. Auch diesen Auftrag erledigen wir erfolgreich. Und ich freue mich für Sabine und Horst. Und ich gehe nun nach Hause. »Noch nicht ganz. Pass noch ein wenig auf die beiden auf«, erklang eine Stimme. Lisa erkannte die Stimme des Herrn. Sie verbeugte sich und sprach: »Tue ich mit Vergnügen.«

Inzwischen standen Sabine und Horst an einer Kreuzung. Horst sah sie an und sagte: »Leider muss ich jetzt nach rechts abbiegen.« Dabei berührte er zufällig ihre Hand. »Und ich gehe geradeaus weiter«, sagte Sabine. Sie sahen sich gegenseitig an. Horst sagte mit fragenden Augen: »Bleibt es nun bei heute Abend?« Sabine drehte sich zu Horst hin und legte ihre Hand auf seinen Arm. Dann sagte sie: »Natürlich, ich freue mich sehr. Es wird bestimmt ein interessanter Abend.« Horst nickte, dann sagte er: »Bis heute Abend. Ich freue mich auch sehr auf unser Treffen.«

Dann ging Horst seines Weges. Sabine sah ihm nach, dann entfernte sie sich ein paar Schritte und dachte bei sich: Mein lieber Horst. Heute Abend fange ich dich. Und hoffentlich geht alles gut.

Plötzlich sprach eine Stimme: »Ich bin ganz sicher, dass alles gut geht. Er ist total in dich verschossen.« Sabine sah sich aufgeregt um. An der Straßenecke erkannte sie Lisa. Sie rannte zu ihr hin, nahm sie in den Arm, und fragte mit aufgeregter Stimme: »Na, war das nicht super?« Dabei strahlte sie Lisa aus vollen Herzen an. Lisa freute sich riesig für Sabine. Sie flüsterte ihr ins Ohr: »Ein erstklassiger Auftritt. Du hast ihm keine Chance gelassen. Heute Abend noch etwas mehr Charme, und er schmelzt dahin wie Butter.« Zusammen gingen sie nun zu Sabines Arbeitsstelle. Vor dem Gebäude blieben sie stehen. Lisa sagte: »So, nun gehe und mache deine Arbeit. Wenn du Hilfe brauchst, dann ruf einfach meinen Namen.« Schnell flog sie davon. Und Sabine betrat das Gebäude.

*

Lisa dachte bei sich: Mal sehen, was mein lieber Peter so treibt, wenn ich nicht auf ihn aufpasse. Sie sah nach oben und fragte: »Lieber Herr, wo finde ich ihn?« Der Herr gab ihr ein Zeichen, sofort machte sich Lisa auf den Weg. Sie landete neben einer Garage. Sie sah sich um. »Wo ist der Schlingel nur?«, fragte sie sich. Langsam ging sie näher. Da erblickte sie Peter. Er stand am Kofferraum und schraubte an einem Schloss herum. Plötzlich rief er voller Verzweiflung: »Warum zum Teufel funktioniert das Teil denn nicht?« Lisa konnte sich das Lachen nicht verkneifen. Aber als Peter der Schraubenzieher abrutschte und er sich den Finger verletzte, sagte sie zu sich: »Nun braucht mein Junge wieder seinen Schutzengel.« Sofort erschien sie direkt neben Peter. Sie sagte voller Sorge: »Was hast du denn nur wieder angestellt?«, nahm ein Tuch und band seinen Finger ein. Peter sah sie mit verliebten Augen an und sagte: »Hallo Lisa. Du warst lange weg. Habe dich sehr vermisst. Wo warst du denn?« Sie streichelte ihm die Hand und übers Gesicht und sagte: »Hatte große Aufträge und musste mich ja auch noch um unsere Kleine kümmern.« »Bleibst du ein paar Tage bei mir?«, fragte Peter mit leiser Stimme. »Ich arbeite gerade an einem großen Auftrag, aber ein paar Tage bleibe ich hier bei dir, mein großer Junge«, erwiderte Lisa. »Um welchen Auftrag handelt es sich dabei?«, fragte Peter. »Ich half einer jungen Frau, mit ihrem Freund wieder ins Reine zu kommen. Und das sehr erfolgreich«, sagte Lisa. »Bist du für heute fertig?«, fragte Peter. »Ja, und wenn du willst, sehen wir uns heute Abend«, sagte sie. »Nicht erst heute Abend. Ich bin gleich fertig, dann gehen wir zusammen heim«, erwiderte Peter. Nach zwei Minuten war er zurück, nahm Lisa an die Hand und sie schlenderten davon.

Immer wieder sah Lisa rüber zu Peter. Auf ihrem Weg passierten sie einen Kaufladen. Lisa blieb stehen und besah sich die Auslage. Sie rief Peter zu: »Schau mal her! Was sind denn das für Tiere?« Peter kam hinzu und sprach: »Schöne Kuscheltiere, nicht wahr?« Lisa fragte leise: »Welchen Sinn erfüllen sie in eurer Welt?« Peter sah Lisa an und sagte: »Sie sind für Kinder. Sie knuddeln und drücken sie, dann schlafen sie schneller ein. Aber auch Erwachsene sammeln diese Tiere.« Sie sah Peter an und fragte: »Meinst du, unsere Kleine mag sie auch?« »Ja, sie würde sich bestimmt sehr freuen und es auch sehr lieb haben«, erwiderte Peter. Er nahm Lisa an die Hand, und zusammen betraten sie den Laden.

*

Sabine befand sich gerade auf dem Nachhauseweg. Dabei sagte sie zu sich: »Heute kommt es darauf an. Ich werde meinen ganzen Charme einsetzen.« Zuhause angekommen begab sie sich unter die Dusche. Sie schminkte sich und zog ihren neuen Hosenanzug an. Dann sah sie zur Uhr. Noch war ein wenig Zeit. Sie nahm vor dem Fernseher Platz. Ihre Aufregung stieg von Minute zu Minute. Kurz vor zwanzig Uhr stellte sie den Fernseher ab und verließ die Wohnung. Nach wenigen Minuten erreichte sie das Lokal. Sie blieb kurz stehen, atmete tief durch, dann trat sie erhobenen Hauptes ein. Der Gastraum war nur spärlich besetzt. Gezielt suchte Sabine einen abseits gelegenen Tisch aus. Sie dachte bei sich: Der ist goldrichtig. Schon nahm sie Platz. Die Bedienung kam herbei und sagte: »Guten Abend. Was darf ich bringen?« »Guten Abend, ein Cola bitte«, sagte Sabine in Gedanken. Die Bedienung brachte das Gewünschte.

Sabine nahm einen Schluck und stellte das Glas wieder ab. Mit einem Schmunzeln beobachtete sie ein Pärchen. Diese saßen zusammen in einer dunklen Nische und schmusten. Sie dachte bei sich: So weit bin ich mit meinem Horst noch nicht. Plötzlich sagte eine Stimme: »Guten Abend, Sabine.« Sabine stand auf und sagte: »Guten Abend, Horst. Schön, dich zu sehen.« Beide nahmen Platz und Horst rief die Bedienung herbei. Dann sagte er: »Bringen Sie mir bitte ein großes Glas Wasser.« Sie nickte und ging ihres Weges. Dann stellte sie das Wasser neben Horst ab. Beide nahmen einen Schluck. Sabine fragte: »Wie war dein Tag heute?« »Das Pech hatte mich fest am Wickel. Zuerst kam ich zu spät zur Arbeit, dann stürzte auch noch mein Computer ab. Und zum Schluss stürzte ich auf dem Weg nach Hause«, sagte Horst mit einem leichten Grinsen auf dem Gesicht. Auch Sabine konnte sich das Schmunzeln nicht verkneifen. Dann fügte sie hinzu: »Auf keinen Fall langweilig.« Er erwiderte: »Ja, da hast du wohl Recht. Und wie war dein Tag?« »Du wirst es mir nicht glauben. Erst weckte mich mein Schutzengel. Dann begleitete er mich zur Arbeit. Später holte er mich wieder ab. Und nun bin ich hier bei dir. Gut beraten und verwöhnt von ihm«, sagte Sabine. Dabei nickte sie mit dem Kopf.

Horst sah Sabine fragend an. Im ersten Moment dachte er: Was soll das Ganze? Ich kann es nicht glauben. Er sprach: »Liebe Sabine. Ich bin sicher, du lügst mich nicht an. Aber du musst zugeben, es ist schwer, deinen Worten zu folgen. Oder sie gar zu glauben.« Sabine erwiderte: »Ja, das kann ich nachfühlen. Aber warte, ich zeige dir meinen Schutzengel. Und du kannst ihn sehen und berühren.« Sie stand auf, sah zum Himmel und sagte: »Liebe Lisa. Bitte komm zu mir. Ich möchte dich jemandem vorstellen.« Plötzlich ertönte eine Stimme: »Hallo Sabine. Hier bin ich, wie befohlen.« Horst drehte sich um und sah Lisa direkt in die Augen. Im ersten Moment zuckte er zusammen und rang nach Luft. Sogleich fragte er: »Bist du wirklich Lisa? Und Sabines Schutzengel?« »Ja, der Hohe Herr beauftragte mich, ich solle mich um Sabine kümmern. Wenigstens vorübergehend. Ich beschütze sie und sorge dafür, dass sie glücklich wird. Aber erst einmal hallo.« Danach reichte sie Horst ihre Hand. Horst zögerte ein wenig. Aber dann nahm er Lisas Hand. Im selben Moment begann ihr Antlitz hell zu strahlen. Horst wich einen Schritt zurück. Lisa sagte: »Fürchte dich nicht.« Dann begab sie sich zu Sabine und fragte: »Hallo meine Liebe. Na, wie läuft's so?« Sabine legte ihre Finger auf Lisas Lippen und erwiderte: »Sch… Bin voll auf Angriff. Sieht gut aus.« Lisa sagte: »Na dann weiter so. Ich gehe nun wieder zu meinem Peter. Und schaue ihm ein wenig auf die Finger.« Sie drehte sich zu Horst hin und sagte: »War nett, dich kennen zu lernen.« Verabschiedete sich, und schon war sie verschwunden.

Horst war wie vom Blitz getroffen. Bewegungslos starrte er auf die Stelle, an der Lisa noch eben stand. Dann drehte es sich zu Sabine hin und fragte: »Träume ich nun? Oder bin ich verrückt?« Sabine lächelte. Sofort war ihr klar, was Lisas Besuch bewirken sollte. Dann schlich sie sich an Horst heran und küsste ihn leidenschaftlich. Horst stammelte völlig außer Atem und überrumpelt: »Nun weiß ich, dass ich nicht träume. Und selbst der schönste Traum könnte die Wirklichkeit nicht ersetzen.« Dabei hielt er Sabines Hand und sah ihr in die Augen. Dann sagte er: »Seit unserem ersten Treffen bin ich total in dich verliebt. Konnte es nur nicht in Worte fassen. Dann unser Streit und die Trennung. Das vergesse ich niemals.« Sabine errötete vor Verlegenheit. Sie sagte: »Das waren die schönsten und liebsten Worte, die ich je hörte.« Zusammen setzten sie sich wieder an den Tisch.

Horst schlug vor: »Lass uns zu mir nach Hause gehen. Dort ist es viel gemütlicher.« Sabine nickte, und zusammen verließen sie das Lokal. Nach wenigen Minuten erreichten sie ihr Ziel. Horst schloss auf, und sie traten ein. Sie folgte ihm ins Wohnzimmer. Dort angekommen sagte er: »Bitte nimm doch Platz.« Sabine nahm Platz. Horst fragte: »Im Kühlschrank steht eine Flasche Cola. Willst du ein Glas haben?« Sabine erwiderte: »Ja, sehr gerne.« Horst ging zum Kühlschrank. Dort dachte er bei sich: Gerne würde ich die Nacht mit Sabine verbringen. Doch ich möchte nicht mit der Tür ins Haus fallen. Er schloss die Türe und begab sich zurück zu Sabine. Er lächelte sie an und sprach: »Hier, dein Cola.« Er stellte die Gläser ab und nahm Platz.

Sabine nahm das Glas zur Hand und sprach: »Lass uns anstoßen.« Dabei sah sie ihm tief in die Augen. Horst nahm sein Glas zur Hand. Kurz darauf sagte er: »Komm, lass uns Brüderschaft trinken.« Er hielt Sabine sein Glas entgegen. Sie schob ihren Arm durch den seinen, und sie nahmen einen Schluck. Danach stellten sie die Gläser ab und küssten sich leidenschaftlich. Danach trafen sich ihre Blicke. Horst sagte: »Ich liebe dich sehr, für immer möchte ich bei dir bleiben.« Sabine erwiderte: »Sehnsüchtig hoffte ich, diese Worte zu hören.« Sie nahm seine Hand, und es bedurfte keiner Worte mehr.

*

Als Lisa das Wohnzimmer betrat, sah Peter fern. Sie schlich sich zu Peter hin und schlüpfte in seinen Arm. Sah ihn an und lächelte: »Na, wie fühlst du dich? Und wie geht es unserem Susannchen? Freute sie sich über

85

ihren Stoffhund?« »Sicher, sie schloss ihn gleich in ihre Arme. Und drückte ihn ganz fest an ihr Herz. Und nun schläft sie ganz fest.« »Aber das Gesicht der Kassiererin war doch auch sehr lustig anzusehen, als der Hund plötzlich mit ihr sprach.« Peter zog Lisa am Ohr. Dann sagte er: »Solche Scherze macht man aber nicht. Die Frau tat mir Leid.« Lisa sah Peter an und erwiderte: »Ich weiß gar nicht, was du meinst.« »Na, dann ist ja alles in Ordnung«, meinte Peter. Lisa grinste in sich hinein. Dann wandte sie sich wieder dem Fernsehprogramm zu. Am Ende des Films richtete Peter seinen Blick auf Lisa. Diese war eingeschlafen. Er dachte bei sich: Welch hübscher Engel ist doch mein. Er weckte sie sanft und sprach: »Komm, lass uns ins Bett gehen.«

*

Horst sagte zu Sabine: »Die Vorkommnisse im Lokal brauche ich niemandem zu erzählen. Das glaubt mir sowieso keiner. Nicht einmal die Bedienung sah Lisa, obwohl sie direkt neben ihr stand.« Sabine sagte: »Mach dir keine Sorgen. Denk im Moment nur an uns beide und unsere Liebe.« Horst sagte: »Du hast Recht.« Und zusammen schlenderten sie ins Schlafzimmer.

*

Lisa ging ins Badezimmer. Peter zog sich aus und legte sich hin. Er dachte bei sich: Ach, endlich habe ich Ruhe. Der Tag war hart. Nach einigen Minuten betrat Lisa das Zimmer. Sie knipste das Licht aus und kuschelte sich zu Peter ins Bett. Sofort bemerkte Peter, dass Lisa völlig nackt war. Er nahm sie in den Arm, und sie begannen wild zu knutschen. Ihre Körper verschmolzen immer mehr ineinander. Lisa zog Peter den Slip aus und sagte: »Komm, ich brauche dich jetzt.« Dann legte sie sich auf ihn und begann wild zu reiten. Immer schneller und schneller wurden Lisas Bewegungen. Peter knetete ihren Po und leckte ihren Busen. Dann begann sie laut zu keuchen. Kurz darauf schrie sie laut auf. Unter schwerem Atem sank sie auf Peters Brust nieder. Sie flüsterte ihm ins Ohr: »Danke, mein Schatz. Es war herrlich.« »Für mich auch«, sprach Peter völlig außer Atem. »Dein Herz rast wie eine Nähmaschine«, fügte er hinzu. Er gab ihr einen festen Klaps auf den Po. Sie rief: »Au, das tat aber weh!« Schnell zog sie ihn am Ohr. Bevor Peter sich wehren konnte, rief Lisa: »Schnell Peter, wir müssen weg! Marianne ist in Gefahr, sie erlitt einen Autounfall.«

Sie zwinkerte mit den Augen, und schon saßen sie fertig angezogen im Auto. Peter fragte: »Wo geht's denn hin?« »Zu der alten Brücke an der Autobahn«, rief Lisa. »Ich bin nur froh, dass Marianne so lange gewartet hat« sagte Peter. Schnell fuhren sie zum Unfallort. Lisa sprang aus dem Wagen. Sofort rannte sie zu Marianne hin. Diese lag in Decken gehüllt auf dem Seitenstreifen. Lisa kniete neben Marianne nieder. Sie streichelte ihr über Stirn und Haare. Außer Fassung sagte sie: »Was machst du denn nur wieder? Fünf Minuten pass ich nicht auf dich auf, und du … Lisa begann zu weinen. Sie nahm Mariannes Hand und faltete sie zum Himmel.

Dann begann sie laut zu beten. »Hoher Herr. Hier spricht deine Dienerin Lisa. Ich war dir immer ergeben. Kein Auftrag zu schwer, kein Weg zu weit. Keine Strafe zu viel. Aber nun hilf Marianne, deinem ergebenen Engel. Ich flehe dich an.« Plötzlich erschien ein Licht am Himmel. Heller und greller als das Sonnenlicht. Alle Anwesenden hielten die Hand vor Augen. Auch Peter suchte Schutz hinter einem Baum. Plötzlich war Lisa in ein schneeweißes Gewand gehüllt. Sie kniete neben Marianne nieder, küsste ihre Hände und Füße und zuletzt die Stirn. Dann rief sie: »Peter! Einen feuchten Lappen!« Peter eilte los zum Rettungswagen. Nahm den Lappen in Empfang und brachte ihn Lisa. Diese wischte Mariannes Gesicht ab. Dann erhob sie sich. Sie sprach zu der Menge: »Bitte treten Sie ein Stück zurück.« Ohne Widerspruch trat die Menge ein Stück zurück. Sofort war der Ort des Geschehens in helles Licht getaucht. Dann sprach Lisa ein Gebet. Stimmen klaren Engelsgesangs waren zu vernehmen. Kurz darauf erschien eine große Kerze über Mariannes Kopf. Lisa berührte sie mit ihren Fingern. Im selben Moment erstrahlte sie in einem hellen Licht.

Die Anwesenden sahen sich fragend an. Nur Peter wusste genau, was gerade geschehen war. Lisa entzündete Mariannes Lebenslicht neu. Nur sie besaß die Macht dazu. Lisa sah zufrieden zum Himmel. Dann sagte sie: »Danke, Hoher Herr.« Behutsam hob sie Marianne auf. Sie stellte sie auf die Beine und führte sie zum Rettungswagen. Dort sagte sie: »Nun werd schnell wieder gesund.« Marianne nickte nur. Dann nahmen sie die Hilfskräfte schon in Empfang.

Peter kam herbei. Er nahm Lisa an die Hand und sprach leise: »Komm, wir gehen heim. Marianne ist gut versorgt. Und wir besuchen sie später im Krankenhaus.« Dann führte er Lisa zu seinem Wagen, und zusammen fuhren sie heim. Peter sagte: »Das war eine Meisterleistung. Bin sehr stolz auf dich.« Lisa erwiderte: »Das darfst du nicht sagen, sonst nimmst du mir die Kraft. Der Hohe Herr ist in solchen Dingen sehr streng mit uns.« Nun herrschte Stille zwischen den beiden. Lisa war eingeschlafen. Sicher lenkte Peter den Wagen nach Hause. Legte sie ins Bett und schloss die Türe.

*

Sabine sah Horst an. Plötzlich senkte sie den Blick und wurde traurig. Horst fragte: »Was ist denn los?« »Lisa braucht mich jetzt. Sie ist in großer Gefahr.« Sie löste sich aus seinen Armen. Dann rannte sie zur Türe. Horst folgte ihr. Er rief: »Warte, wir nehmen meinen Wagen. Dann sind wir schneller.« »Dann mach schnell!«, rief sie. Beide verließen das Haus und brausten los. Sabine zitterte am ganzen Leib. Horst drückte ihre Hand und sprach: »Bitte beruhige dich. Wir sind sofort vor Ort. Außerdem ist sie ein Engel und sehr mächtig.« »Aber ich habe Angst!«, rief Sabine. Kaum erreichten sie Lisas Haus, sprang Sabine aus dem Wagen und rannte zur Türe. Plötzlich erschien alles in einem hellen Lichtschein. Sie hielt sich die Hand vor Augen. Sogleich trat sie ein paar Schritte zurück. Dann öffnete eine junge Frau die Türe. Sie trug ein knöchellanges Gewand und sah Sabine an. Diese war völlig verdutzt und sagte mit stolpernder Stimme: »Kann ich Lisa sehen?« »Ja, komm rein. Mein Name ist Bianca. Ich bin Lisas Schutzengel. Der Herr sandte mich, dass ich mich um sie kümmere. Sie ist in großer Gefahr«, sagte Bianca.

»Wo ist Lisa?«, fragte sie. »Ach, mein Name ist Sabine und Lisa half mir in der letzten Zeit. Ich würde sie gerne sehen.« Bianca zeigte mit den Fingern in Richtung Lisas Zimmer. Dann sagte sie: »Komm, ich bringe dich zu ihr.« Beide betraten leise Lisas Zimmer. Leichenblass und mit geschlossenen Augen lag sie auf dem Bett. Auf dem Tisch standen Blumen. Ein weißes Laken bedeckte ihren Körper. Sobald Sabine Lisa erblickte, begann sie zu schreien: »Oh Gott! Ist sie tot?« Bianca stürzte herbei und hielt ihr den Mund zu. Sie sagte: »Sei bitte leise. Sie lebt, aber schläft fest. Der Herr befahl ihr Ruhe. Er kommt dann und nimmt sie mit zu sich.«

Sabine sah Bianca an und fragte ängstlich: »Darf ich erfahren, was der Herr von ihr wünscht?« Bianca sah Sabine an und fragte: »Was bewegt dich das so?« »Wird sie wieder bestraft?«, brachte Sabine hervor. Bianca fragte: »Welche Strafe meinst du denn? Und woher weißt du, wie wir bestraft werden?« »Lisa erzählte es mir und zeigte mir ihre Wunden, die der Herr ihr zufügte«, sagte Sabine. Bianca sah Sabine an und sprach: »Sorg dich nicht, sie wird nicht bestraft. Der Herr nimmt sie nur eine Weile zu sich.« Erleichtert nahm Sabine Platz. »Da bin ich aber froh. Ich befürchtete schon das Schlimmste«, sagte Sabine. »Komm, wir müssen nun gehen. Sie braucht jetzt Ruhe. Sobald sie erwacht, hole ich dich«, sagte Bianca.

Beide verließen das Zimmer, und Sabine verließ das Haus.

Sie betrat ein Café und nahm Platz. Dort vergaß sie die Zeit. Plötzlich stand Bianca vor ihr und sagte: »Sabine, komm. Lisa verlangt nach dir.« Sofort erhob sie sich, zahlte und zusammen gingen sie zu Lisa. Leise öffnete sie die Türe, trat ein und sah sich um. Da erblickte sie Lisa. Sie ging zu ihr hin und sagte: »Guten Tag, Lisa. Wie fühlst du dich?« Lisa drehte sich um und antwortete: »Gut, aber ich muss nun Abschied nehmen. Bianca vertritt mich solange. Sie sorgt für dich während meiner Abwesenheit.« Nun betraten auch Peter, Horst und Petra das Zimmer. Im selben Moment trat der »Hohe Herr« ein. Die Engel knieten nieder und ehrten den Herrn. Er sprach: »Liebe Lisa. Nun lass uns gehen.« Lisa verbeugte sich und sagte: »Ich bin bereit.« Sie ging hin zu Peter, umarmte ihn und sagte: »Bis bald, mein Lieber. Und pass mir gut auf Susannchen auf.« Peter nickte nur, er brachte kein Wort heraus. Dann umarmte sie Sabine und sagte: »Mach's gut.«

Im selben Moment durchfuhr ein heller Lichtstrahl das Zimmer. Lisa und der Hohe Herr waren verschwunden sowie auch die anderen Engel. Peter sagte: »Lass uns gehen. Sie werden wiederkommen.« Zusammen verließen sie das Haus. Jeder ging seiner Wege ………